À ISTANBUL

DU MÊME AUTEUR
CHEZ SUCCÈS DU LIVRE

SAS CONTRE **CIA**
SAS L E PRINTEMPS DE T BILISSI
SAS P IRATES !
SAS L E PIÈGE DE B ANGKOK

Gérard de Villiers

À ISTANBUL

Cette édition de *SAS à Istanbul*
est publiée par SDL Éditions
avec l'aimable autorisation
des Éditions Gérard de Villiers

© SAS/Vauvenargues, 1997
© Éditions Gérard de Villiers, 2007

ISSN Confort : 2102-2445
ISBN 13 : 9782738225764
Tous droits réservés.

CHAPITRE PREMIER

Son Altesse Sérénissime le prince Malko Linge regardait le Bosphore. Du troisième étage de l'hôtel Hilton d'Istanbul, la vue était splendide. Les premières lumières venaient de s'allumer sur la rive d'Asie. Les bateaux défilaient sans cesse. Un gros pétrolier soviétique, deux cargos grecs rouillés, un cargo panaméen, une vieille barcasse yougoslave chargée à ras bord de bois, ainsi que des bâtiments de plus faible tonnage.

De la mer Noire à la mer de Marmara, c'était un trafic incessant, qui expliquait pourquoi, depuis le XIIIe siècle, on se battait pour le Bosphore, cet étroit goulet de quinze kilomètres de long.

Malko soupira. Cette vue lui rappelait le fleuve qu'il aimait le plus au monde, le

Danube. Aujourd'hui il n'avait plus qu'une banale chambre d'hôtel pas même climatisée.

Il était arrivé depuis une heure. Toutes ses affaires étaient impeccablement rangées. Quatre complets gris très foncé, tous les mêmes. Malko avait horreur du changement – et une petite pile de chemises et de sous-vêtements.

En vingt ans de métier, il séjournait en Turquie pour la seconde fois. Mais son extraordinaire mémoire lui avait conservé tous ses souvenirs ; ainsi, il aurait pu décrire minutieusement chacune des vieilles maisons de bois qui bordaient naguère l'avenue où se trouvait maintenant le Hilton.

Il eut un mouvement d'humeur en pensant au travail qu'il était venu y faire. Encore des problèmes sans intérêt. Bien que travaillant depuis près d'un quart de siècle en qualité d'agent de renseignements, il n'avait encore jamais pu s'intéresser vraiment aux drames dans lesquels il intervenait.

Au fond, il n'y avait qu'une chose à laquelle il croyait vraiment : son château.

À INSTANBUL

Il quitta la fenêtre pour contempler la photo panoramique de un mètre de long qu'il avait sortie de sa valise et déployée sur le bureau : c'était son « *Schloss* », la demeure historique des Linge, où il irait terminer ses jours. Depuis vingt ans tout ce qu'il gagnait allait s'engloutir dans les vieilles pierres. Il était parvenu à reconstituer la salle d'armes, les salons et la tour ouest.

C'est tout ce qu'il lui restait de dix-sept générations de noblesse féodale : il était prince du Saint Empire romain germanique et Altesse Sérénissime.

Au début, cela avait beaucoup impressionné ses amis américains de la C.I.A. Mais Son Altesse Sérénissime c'était bien long. Il était devenu « S.A.S. » tout simplement. Et beaucoup de ceux qui l'appelaient ainsi ne savaient même plus ce que signifiait ce sigle.

Mais il avait tant à faire ! L'entrepreneur qui ne travaillait pratiquement que pour lui avait précisé qu'il fallait terminer le toit avant l'hiver : coût, 50 000 dollars.

C'est pour cela qu'il était en Turquie.

Le château une fois restauré, il faudrait encore lui rendre son espace naturel. Et c'était là une besogne moins facile, car le domaine des Linge avait été la victime innocente des rectifications de frontière entre la Hongrie et l'Autriche.

Pour tout dire, le château était en territoire autrichien et le parc en sol hongrois. Il n'y avait pas plus de terrain le long des douves qu'autour d'un pavillon de banlieue.

À cette pensée, Malko était envahi par une sainte fureur. Il faudrait une autre guerre, donc une autre rectification de frontière, pour qu'il puisse récupérer son patrimoine. En d'autres temps, on avait déclenché des conflits pour moins que cela. Les armes atomiques faussaient tout.

Il se regarda dans la glace. Son image lui plut. Le cheveu impeccablement aplati, ainsi que les deux rides qui entouraient sa bouche lui donnaient un air dédaigneux. Ses yeux surtout étaient extraordinaires : deux taches d'or. D'un jaune profond, comme ceux d'un grand fauve. Quelquefois ils viraient au vert, c'était très mauvais signe.

À INSTANBUL

À la C.I.A. on l'appelait parfois l'I.B.M. à cause de sa mémoire prodigieuse. Il pouvait réciter un livre après l'avoir lu deux fois, ou reconnaître quelqu'un, dix ans après l'avoir vu vingt secondes.

Satisfait de son examen, Malko retourna à sa fenêtre. Il s'amusait à compter les mosquées étendues le long du Bosphore lorsqu'un cri lui fit lever la tête.

Une masse sombre arrivait droit sur lui. Quelqu'un était tombé par la fenêtre quelques étages plus haut. L'homme passa à quelques centimètres de Malko, le visage déformé par la terreur. Son cri vrillait l'atmosphère comme une sirène.

S.A.S. se sentit soudain très fatigué. Il avait eu le temps de reconnaître au passage l'homme avec qui il avait rendez-vous le lendemain, le capitaine Carol Watson.

CHAPITRE II

La longue coque noire s'enfonçait rapidement dans les vagues bleues de la mer de Marmara. Les périscopes du *Memphis* tracèrent quelques instants un sillon d'écume, puis il n'y eut plus qu'un bouillonnement qui se dispersa très vite.
Sur la passerelle du *Skylark*, le bâtiment d'escorte du *Memphis*, spécialisé dans les secours aux sous-marins, le lieutenant Bob Rydell brancha le radiotéléphone qui le reliait au *Memphis*. Aussitôt parvint dans les écouteurs le grognement rauque d'un avertisseur puis la voix du capitaine Harvey ordonnant :
— *Dive, dive* (plongée).
Rydell prit le micro.
— Harvey, Harvey, comment m'entendez-vous ?

À INSTANBUL

La voix d'Harvey parvint aussitôt, forte et claire.

— Cinq sur cinq. Nous filons direction est-nordest. Vitesse maxima. Profondeur maxima. Ferons surface en fin de journée. Tous les quarts d'heure je vous enverrai un « Gertrude ». *Over.*

— O.K. Bien reçu. *Over.*

Le *Skylark* filait à bonne allure. Le temps était magnifique. Pas un nuage, juste un léger clapotis des vagues. Détendu, Rydell alluma une cigarette. Ces manœuvres, au fond, n'avaient rien de désagréable. Et puis quelle sensation merveilleuse, sur ce petit bâtiment, de se sentir protégé par toute la VIe flotte des États-Unis. Il laissa son regard errer sur l'horizon.

Entre la côte turque et le bateau se profilait la silhouette plate et grise de l'*Enterprise*, le plus grand porte-avions de la Flotte. Tout autour, une nuée de destroyers, de ravitailleurs, de torpilleurs, dansait un ballet gracieux de chiens de garde bien dressés.

Un hélicoptère peint en orange passa en vrombissant. Il assurait la liaison entre les différents bâtiments.

À ISTANBUL

Rydell sentit soudain une présence. Il se retourna. Un officier lui souriait, blond et hâlé.

— Watson, qu'est-ce que tu fous là ? Ils t'ont oublié !

L'autre secoua la tête, en riant.

— Non, non. Mais on m'a pris ma place. Un type, un civil, venu de Washington. Il voulait expérimenter un truc sur le sonar. Tant mieux. Cela me fait un après-midi au soleil. Et ce soir, je regagnerai mon home.

Carol Watson était l'officier chargé du sonar, à bord du *Memphis*, l'appareillage électronique capable de déceler l'approche d'un autre bâtiment, de surface ou sous-marin.

Le radiotéléphone grésilla.

— Ici, Harvey, annonça la voix claire. Nous sommes à la vitesse maxima et nous venons de dépasser la profondeur « G ». Tout va bien. *Over*.

— Bien reçu. *Over*.

Rydell imaginait le capitaine Harvey installé près de son imposant tableau de bord, dans l'énorme kiosque, entouré des trois timoniers. Il aurait voulu être sous-marinier, Rydell. Malheureusement,

À INSTANBUL

dès son entrée dans l'U.S. Navy on l'avait spécialisé dans la chasse aux sous-marins.

— C'est combien « G » ? interrogea Watson. Pourquoi n'annonce-t-il pas en clair.

— Et les Russes alors ? Tu veux pas qu'on leur donne aussi le plan du bateau ? N'oublie pas que nous sommes à 500 kilomètres de Sébastopol et qu'ils doivent avoir des stations d'écoute sur tous leurs chalutiers-bidons qui traversent le Bosphore. Attends, je vais te dire.

Il consulta rapidement une table.

— Ça fait 250 mètres. Il peut encore y aller.

Watson réfléchissait. C'était vrai, le *Memphis* faisait encore partie du matériel ultrasecret de l'U.S. Navy. Sous-marin atomique, le huitième à être entré en service, il était uniquement chargé de détecter et de chasser les sous-marins ennemis. À part sa longueur, 83 mètres, et son rayon d'action, près de 100 000 kilomètres, presque toutes ses caractéristiques étaient secrètes. On savait seulement que de tous les sous-marins du monde, il était le plus rapide, celui qui descendait le plus bas et de la manière la plus silencieuse.

Il était capable de plonger ou de remonter à la vitesse effarante de 300 mètres-minute... Un bon chien de garde pour la Méditerranée. Avec son sonar à ultra-sons et son équipement de détection radio-actif, il pouvait repérer n'importe quel autre sous-marin avant d'être surpris lui-même.

Toute la VIe flotte longeait maintenant la côte d'Asie en direction du détroit des Dardanelles. L'étroite mer de Marmara ne suffisait pas à ses évolutions.

Les messages arrivaient tous les quarts d'heure, rassurants et réguliers.

Bercé par la houle, Rydell somnolait dans un fauteuil de toile en écoutant la voix d'Harvey. Du fond de la mer, sa voix annonça, très calme :

— Nous sommes à la profondeur « M ». Nous stoppons pour certaines vérifications. Nous vous tiendrons informés.

Rydell nota l'heure : 10 h 45. Le *Skylark* tournait en rond sous le soleil. Six chasseurs Seawolf passèrent au ras

À INSTANBUL

des flots, regagnant l'*Enterprise*. Cette manœuvre de routine dans les eaux amies – la Turquie était un des plus beaux fleurons de l'OTAN – n'excitait personne.

La voix d'Harvey se fit de nouveau entendre.

— Nous avons une légère difficulté avec le sonar. Nous sommes obligés de le mettre en panne. Nous vous tiendrons informés.

Watson fronça les sourcils.

— Cet abruti de civil va me démolir mon zinzin. C'est plus délicat qu'une pépée. Et sans ça, tu n'as pas intérêt à t'aventurer dans les coins malsains. C'est comme si tu te baladais, aveugle et sourd, au milieu d'une bande de malfrats…

— Ici, il n'a rien à craindre, fit Rydell. La dernière fois qu'on a vu un sous-marin russe, c'était en 56. Tu penses, il faut qu'ils viennent de Mourmansk ou de Vladivostok ! Tu parles d'une…

La voix d'Harvey l'interrompit :

— Nous venons de déceler une légère augmentation de la radioactivité. Nous contrôlons. *Over.*

À ISTANBUL

Du coup, Rydell cassa la pointe de son crayon en notant l'heure. 10 h 57. Les deux officiers se regardèrent.

— C'est pas possible, fit Watson.

Rydell hocha la tête.

— Les Russes aussi ont des sous-marins atomiques. Six, d'après nos experts de la C.I.A., neuf d'après ceux de la Navy. Et si la radioactivité augmente dans le coin, cela ne peut vouloir dire qu'une chose : c'est qu'il y a un autre Sub qui se promène ici.

— T'es cinglé ! Ici, dans la mer de Marmara qui est un vrai cul-de-sac avec le Bosphore au bout, ses filets et ses mines et toute la VIe flotte pardessus.

Watson fit un grand geste de bras, montrant l'espace autour de lui :

— Regarde, c'est une cuvette !

— Bon, on va bien voir. En tout cas j'alerte l'*Enterprise*.

Par le cornet acoustique, il appela le radio et lui donna l'ordre d'envoyer un message codé.

Songeur, Watson regardait la mer scintiller au loin, là où devait se trouver le *Memphis* avec ses 129 camarades. Une angoisse sourde l'étreignit. Il aurait

À INSTANBUL

donné cher pour se trouver à bord. Il n'y avait que lui pour savoir tirer toutes les possibilités du sonar. Il sursauta, car la voix sortait encore du haut-parleur.

— Ici Harvey. L'augmentation de la radioactivité est confirmée. Mais notre sonar ne fonctionne pas correctement. Pouvez-vous nous relayer ? *Over*.

Watson bondit et arracha presque le micro des mains de Rydell.

— Ici Watson. Qu'est-ce qu'on a fait à mon sonar ? Passez-moi l'ingénieur civil. Je vais lui expliquer.

— Inutile, coupa la voix claire d'Harvey, nous avons essayé un dispositif expérimental qui l'a détraqué. Nous allons remonter dès que nous aurons terminé nos vérifications sur la radioactivité. *Over*.

Presque aussitôt un son strident sortit du haut-parleur : la sirène d'alerte du *Memphis*. Le capitaine Harvey faisait mettre son bâtiment en position de combat. Un danger le menaçait. Lui aussi savait ce que signifiait l'augmentation de la radioactivité...

Rydell griffonnait fiévreusement sur son bloc des messages que l'on portait immédiatement au radio. On lui rapporta une feuille jaune qu'il montra à Watson.

— Aucun sous-marin identifié dans la zone de manœuvre à part Sub *Memphis*.

Watson poussa un soupir de soulagement.

— Leur détecteur doit être déréglé, comme le sonar. C'était pas possible.

Au même moment la voix d'Harvey éclata dans le haut-parleur :

— Nous pensons avoir localisé la source de radioactivité. Nous nous dirigeons droit dessus. Profondeur « E ». Nous allons reprendre la profondeur « L ». *Over*.

Dans ses écouteurs, Rydell entendit le bruit caractéristique de l'eau chassée des ballasts. Le *Memphis* remontait. Il nota l'heure : 11 h 13. Soudain un hélicoptère apparut, volant très près des vagues dans un grand bruissement de rotor. Il se posa sur le pont, au pied de la passerelle où se trouvaient Rydell et Watson.

Un homme en sortit, escaladant immédiatement l'échelle de la passerelle.

À INSTANBUL

— C'est l'amiral Cooper, souffla Rydell. Il vient aux nouvelles.

L'officier supérieur surgissait. Il alla droit à Rydell.

— Alors ? Vous avez la liaison avec le 593 ?

C'était le nom de code du *Memphis*. Basé sur l'*Enterprise*, Cooper était placé trop loin pour capter les messages du sous-marin. Le *Skylark* était le seul à conserver le contact.

— J'ai la liaison, affirma Rydell.

Et il résuma la situation.

— Appelez le 593, ordonna Cooper.

Rydell appuya sur la commande du micro.

— Harvey, Harvey, ici le *Skylark*, donnez votre cap et votre position.

Pas de réponse. Le micro grésillait doucement.

— Il y a deux minutes, il m'a parlé, gémit Rydell.

Les trois hommes contemplaient fixement le micro muet. L'amiral se tourna vers le marin qui l'accompagnait, porteur d'un poste à ondes courtes.

— Faites immédiatement décoller les escadrilles C et D et que mes bâtiments

d'escorte se dirigent vers la dernière position signalée du 593.
Il se retourna vers Rydell.
— Appelez encore.
Rydell se pencha sur le micro et cria presque :
— Harvey, donnez votre cap.
Rien.
L'amiral Cooper arracha le micro des mains du lieutenant. Une veine battait sur son front.
— Ici, l'amiral Cooper, appela-t-il. Harvey, donnez votre position immédiatement. Est-ce que vous contrôlez votre bâtiment ?
Des grésillements se firent entendre dans le micro. Puis une explosion, sourde comme un coup de tonnerre lointain, fit vibrer le micro.
Rydell blêmit.
— Harvey, hurla-t-il.
Son pouce appuyait frénétiquement sur un bouton rouge placé devant lui, sur le pupitre. Un klaxon se mit à sonner sur toute la surface du *Skylark*.
Livide, Watson répétait :
— Ce n'est pas possible, ce n'est pas possible.

À INSTANBUL

Soudain des mots sortirent du micro, des mots mutilés et hachés, perdus dans des crissements et des grondements.

— Impossible... surface... touchés... explosion avant droit... dépassons... profondeur expérimentale.

Il y eut quelques secondes de silence. Puis les trois hommes entendirent distinctement un bruit sourd comparable à celui d'une cloison qui s'effondre...

Il y eut encore quelques bribes de mots, indistinctes. Là-bas, sous la Méditerranée, le *Memphis* essayait de dicter son testament.

Rydell était livide. Il connaissait bien ce bruit. Il l'avait souvent entendu durant la guerre. Cela voulait dire que le sous-marin s'écrasait, brisé par la pression de l'eau. En ce temps-là, ce bruit le remplissait de joie, car c'étaient des ennemis.

Mais cette fois cela signifiait que des dizaines de ses amis étaient en train de mourir, tout près de lui, et cela en pleine paix, en 1969.

— Envoyez tous les hélicoptères disponibles là-bas, ordonna l'amiral.

À ISTANBUL

Déjà le *Skylark* fonçait de toute la vitesse de ses machines. Courbé sur le micro, Rydell continuait d'appeler inlassablement. Debout derrière lui, Watson, les yeux pleins de larmes, fixait le micro sans le voir. Il aurait dû être là-dessous lui aussi.

Les rampes de lancement des grenades sous-marines étaient en place.

Une escadrille de F. 86 chasseurs de sous-marins armés de missiles air-mer passa au-dessus du *Skylark*. Déjà plusieurs hélicoptères tournaient en rond au-dessus du point supposé occupé par le *Memphis*.

— Mais qu'est-ce qui s'est passé ? gronda Watson. C'est invraisemblable. Un sous-marin russe dans la mer de Marmara !

— Si c'est un Russe, on va le piquer, gronda Rydell, même si on doit y rester trois mois !

Une série d'explosions sourdes fit sursauter les deux hommes. L'amiral faisait larguer une série de grenades d'exercices, signal convenu de remontée immédiate pour le *Memphis*.

Rydell haussa les épaules, tristement.

— Il ne remontera plus jamais.

Soudain une fusée rouge éclata dans le ciel, lâchée d'un hélicoptère.

Les deux officiers se précipitèrent sur leurs jumelles. Quelques instants plus tard, ils les abaissaient et se regardaient en silence : à deux miles, à l'ouest du *Skylark* une énorme tache d'huile remontait lentement à la surface de la mer. C'était le signe du désastre. Éventré, le *Memphis* perdait son sang.

Accroché des deux mains au bastingage, Watson pleurait en silence, il ne reverrait plus jamais ses amis, Harvey, si gai et si courageux, Smiths le taciturne, et les autres.

Une immense rage le prit.

— Qu'est-ce qu'on va faire ? rugit-il. Il y a bien un sous-marin qui a lancé cette torpille.

Rydell haussa les épaules.

— Tous les sonars de la flotte sont sur les dents. Ils entendraient un poisson éternuer. Mais, s'il y a un sous-marin inconnu dans le coin, il attend, immobile, entre deux eaux, que nous ayons fichu le camp pour déguerpir. C'est à celui qui sera le plus patient...

— Il a combien de chances d'échapper ?

— Dans une mer étroite comme ici, pas une sur dix. Dès qu'il bouge, il est repéré. Et alors, gare au festival. Cooper a donné l'ordre qu'on en fasse des confettis.

Pendant plusieurs heures, il ne se passa plus rien. Le *Skylark* avait stoppé près de la tache d'huile et des hommes-grenouilles plongeaient sans arrêt pour tenter d'apercevoir un débris quelconque.

Mais rien ne remontait que de l'huile grasse et noire qui se dissolvait au fil des vagues. Au loin, la côte turque commençait à s'estomper dans une brume bleuâtre. Au nord les premières lumières d'Istanbul formaient un halo plus clair.

Sur tous les navires de la VIe flotte, les drapeaux étaient déjà en berne. À bord de l'*Enterprise*, l'amiral Cooper, enfermé dans sa cabine, examinait page par page, le dossier secret des sous-marins russes. Tous ceux dont on connaissait l'existence étaient aux antipodes de la mer de Marmara.

À INSTANBUL

Évidemment, il y avait une chance infime pour que le *Memphis* ait été victime d'un sabotage ou d'une explosion accidentelle. Il fallait attendre. Si un submersible ennemi se trouvait dans le coin, il finirait par bouger…

Il feuilleta rapidement une liasse de papiers. Les câbles de Washington commençaient à pleuvoir. La différence d'heure faisait que les gens de la C.I.A. et de la Navy Intelligence venaient seulement à cette minute d'apprendre la nouvelle. Officiellement, le *Memphis* n'était encore que porté en retard sur l'heure prévue de sa fin de manœuvre.

L'amiral sonna. Un marin entra.

— Faites prévenir tous les commandants d'unités, ordonna-t-il. Conférence ici dans deux heures. Qu'on les fasse prendre par hélicoptère.

Et Cooper se lança dans la rédaction d'un long câble à destination de l'état-major de la Navy.

C'est à trois heures du matin que la chose arriva. Tous les bâtiments avaient stoppé dans le noir et attendaient. Lors de la conférence, l'amiral n'avait pas mâché ses mots.

À ISTANBUL

— Je veux que la veille ne se relâche pas une seconde. S'il y a vraiment un sous-marin russe dans le coin, nous devons le trouver et le détruire. C'est une question vitale pour notre pays.

L'officier sonar du destroyer *Vagrant* avait pris lui-même la veille sur son navire : son frère était officier-mécanicien sur le *Memphis*. Il en était à sa sixième tasse de café lorsqu'une tache verte apparut sur son écran cathodique. Fasciné, l'officier le regarda palpiter sur l'écran. À tâtons, il saisit son micro relié par radio à tous les autres postes d'écoute de la flotte et annonça à voix basse :

— Objet non identifié en plongée cap nord-nordouest.

Presque à la même seconde, tous les autres guetteurs confirmèrent : selon toute apparence, un sous-marin inconnu glissait lentement sous les navires de la VIe flotte en direction du Bosphore.

L'amiral dormait tout habillé lorsqu'on le réveilla pour lui annoncer la nouvelle.

— Qu'aucun bâtiment ne bouge, ordonna-t-il. Suivez-le à la trace.

Cinq minutes plus tard, il était au poste de veille de l'*Enterprise*. Fiévreusement, des officiers reportaient sur une carte le parcours indiqué par les appareils d'écoute.

— Donnez l'ordre aux avions de décoller, ordonna Cooper. Qu'ils tournent au-dessus de nous en attendant les instructions.

Il prit l'ascenseur qui menait à la dunette supérieure. L'énorme bâtiment grouillait d'activité. Le premier des avions torpilleurs était déjà en bout de pont, réacteurs sifflants.

La nuit était claire. Presque pas de nuages. On distinguait vaguement les silhouettes de deux destroyers. Au nord, les lumières d'Istanbul éclairaient le ciel. De l'autre côté, c'était la mer Noire et la Russie...

Cooper eut un serrement de cœur en pensant au *Memphis*. « Invulnérable » avaient dit les experts, lors du lancement. Et pourtant. Mais pourquoi avait-il été attaqué ?

Un officier surgit, salua et tendit un papier. Cooper lut. C'était le rapport d'écoute.

— Le submersible non identifié se dirige vers le N-N.O. en suivant le cap 130. Vitesse 30 nœuds. Profondeur 100 mètres.

La carte montrait clairement que la trace partait d'un point voisin d'où avait disparu le *Memphis*. Et se dirigeait droit sur le Bosphore.

L'amiral se passa la main sur le front.

— Le Bosphore ! Mais il est fou. C'est un cul-de-sac. Entre les mines, le filet anti-sous-marin et les repéreurs au son turcs, il n'a pas une chance sur mille de passer.

Soudain une pensée affreuse le fit sursauter.

— Et si c'était un Turc, un allié, qui avait commis une erreur épouvantable ?

Il redescendit à toute vitesse et gagna son bureau.

— Appelez-moi le H.Q. de la marine turque, en code, ordonna-t-il et demandez-leur s'ils ont un sous-marin en opération. Urgent. Réponse codée.

Cinq minutes plus tard, le radio apportait un message codé :

— Aucun submersible en opérations, répondait Ankara.

Cooper prit une profonde inspiration et saisit son micro le reliant au chef des opérations.

— Je donne l'ordre que l'on détruise par tous les moyens le submersible inconnu, articula-t-il nettement.

Déjà, les douze jets décollés du porte-avions s'inclinaient gracieusement et fonçaient sur leur but. Ils étaient tous porteurs de missiles air-mer dotés d'une tête chercheuse capable d'aller frapper le sous-marin sous l'eau.

La première rafale d'engins partit au moment où le *Skylark* arrivait au-dessus du submersible. Le lieutenant Rydell était debout sur la passerelle.

— *Go*, hurla-t-il dans l'interphone.

Un premier chapelet de grenades sous-marines s'envola de l'arrière. De quoi pulvériser n'importe quel sous-marin. Le *Skylark* amorça aussitôt un demi-tour pour revenir sur son objectif. Les chasseurs, à leur tour, replongèrent vers la mer et leurs missiles s'enfoncèrent dans l'eau en sifflant.

De sa passerelle, l'amiral Cooper observait l'opération. Le jour commençait à se lever. Les silhouettes de ses navires se découpaient dans le clair-obscur. Pourvu qu'un projectile ne se perde pas et n'aille pas couler un innocent cargo ! Toute l'opération faisait un vacarme d'enfer. Il faudrait expliquer aux Turcs le pourquoi de ces soudaines « manœuvres ».

Soudain, un officier accourut, essoufflé.

— Amiral, les avions signalent que le submersible fait surface, au milieu d'une tache d'huile !

— J'y vais.

L'amiral Cooper dégringola l'échelle. Un hélicoptère attendait, son rotor tournant déjà, et à peine Cooper eut-il bouclé sa ceinture, qu'il décollait.

Il ne leur fallut que quelques minutes pour parvenir au sous-marin. Les avions tournaient au-dessus. Les deux officiers scrutèrent les vagues grisâtres et le virent immédiatement. Un long fuseau noir dont on ne distinguait que l'avant et un morceau du kiosque entouré d'une sorte de rambarde.

Aucun signe de vie.

— Si seulement il pouvait émerger un peu plus, murmura Cooper. Pour le moment ça peut être n'importe quoi.

À INSTANBUL

Mais le sous-marin inconnu continuait à flotter entre deux eaux, comme une baleine blessée. Toutes les écoutilles étaient fermées. L'amiral prit le micro placé devant lui et cria pour couvrir le bruit des moteurs :

— Ici Ventilateur-leader, avez-vous pris des photos ?

— Ici Red-leader, répondit aussitôt une voix nasillarde. Nous avons pris plusieurs clichés infrarouges.

L'amiral se tut un instant puis calmement annonça :

— Ici Ventilateur-leader. À Red-leader. Coulez l'objectif.

À côté de lui l'officier eut un sursaut et regarda en coin l'amiral. Ce dernier se tourna vers lui et dit :

— Vous voulez peut-être qu'on le remorque jusqu'à Istanbul et qu'on explique aux Russes qu'en temps de paix nous avons coulé un de leurs sous-marins dans des eaux neutres ? Il y aurait de quoi faire sauter l'O.N.U.

— Mais, objecta timidement l'autre. Il a attaqué et détruit le *Memphis*...

— Vous pouvez le prouver ? Non, n'est-ce pas. Les Russes ne pourront pas perdre la face et moi je risque de me retrouver en train de laver le pont de l'*Enterprise*. De toute façon, je vous conseille d'oublier ce que vous venez de voir et d'attendre. J'avertirai tous ceux qui ont été mêlés à cette histoire qu'ils risquent le Conseil de guerre pour la moindre indiscrétion.

L'hélicoptère s'éloigna lentement. Les chasseurs de l'*Enterprise* étaient repassés. Du sous-marin, il ne restait plus qu'un bouillonnement et une tache d'huile. Aucun objet ne flottait sur la mer.

— Nous ne pourrions même pas recueillir les survivants, remarqua Cooper.

Quelques instants plus tard, l'hélicoptère atterrissait sur l'*Enterprise*. L'amiral Cooper fila et s'enferma pour rédiger son rapport. Pas drôle. Perdre la plus belle unité de sa flotte dans des circonstances indéterminées et couler un sous-marin appartenant à une nation avec laquelle on n'était pas en guerre, c'était beaucoup pour une seule journée.

Il restait à savoir d'où venait ce sous-marin et surtout où il allait.

À INSTANBUL

— Cela, fit à haute voix Cooper, c'est l'affaire de la C.I.A. Ça va les occuper un bon moment.

Son pensum terminé, il remonta sur le pont. Le soleil était déjà haut sur l'horizon. Une énorme bouée rouge flottait à l'endroit où le *Memphis* avait disparu.

Plusieurs patrouilleurs tournaient en rond autour de la bouée. Il y avait eu une chance minuscule pour qu'il y ait des survivants enfermés dans l'épave. Mais les appareils de sondage venaient de révéler que l'épave reposait par 700 mètres de fond. Rien n'avait pu résister à cette pression.

Le premier, le *Skylark* stoppa, et envoya 21 bordées de toutes ses pièces.

Puis, un à un, tous les bâtiments saluèrent leurs camarades engloutis. L'*Enterprise* stoppa et un chapelain, penché sur le bastingage, récita une courte prière. Ses paroles étaient emportées par le vent mais six cents hommes derrière lui les reprenaient en chœur en un grondement puissant.

Un hélicoptère s'approcha et lâcha sur la mer une gerbe improvisée. Beaucoup d'hommes pleuraient.

À INSTANBUL

Le *Memphis* n'existait plus. Il ne restait plus qu'à le venger. Mais cela, comme l'avait pensé l'amiral Cooper, c'était l'affaire de la C.I.A.

CHAPITRE III

William Mitchell, responsable de la C.I.A. pour le Moyen-Orient frappa du plat de la main sur le dossier, faisant voler une liasse de feuillets.
— C'est invraisemblable ! glapit-il, d'une voix aiguë. Vous, les meilleurs spécialistes de l'Intelligence de la Navy, vous êtes incapables de me dire ce que foutait ce Ruskoff dans la mer de Marmara !
— On n'est pas devin, grommela un des deux hommes assis devant le bureau. Vous savez que depuis que les Russes ont retiré leurs sous-marins de la base de Seno, en Albanie, en juin 1961, on n'a plus vu un seul sous-marin russe en Méditerranée. D'ailleurs nous les aurions repérés à Gibraltar ou en mer Rouge.
— Enfin, celui-là, il n'est pas venu par la voie des airs !

À ISTANBUL

Et Mitchell montra les photos prises par les hélicoptères de la VIe flotte.

— Bien sûr, répliqua un de ses interlocuteurs. Mais d'abord on n'est pas sûr qu'il soit russe. Ni même que ce soit un sous-marin atomique. Ni qu'il ait coulé le *Memphis*.

— Et dans le Bosphore, où allait-il ? rugit Mitchell. Demander bien poliment qu'on écarte pour lui les filets anti-sous-marins qui barrent l'entrée de la mer Noire ? Ou bien se transformer en cerf-volant ?

— Que disent les Turcs ? hasarda le second expert.

— Rien, ils ne comprennent pas non plus. Ils ont mis leurs hommes les plus sûrs pour garder le Bosphore et les filets sont régulièrement surveillés. De plus, nous avons des gens à nous partout. On ne nous a rien signalé de particulier. Un sous-marin, c'est quand même pas un paquet de cigarettes. Ça ne passe pas en fraude comme ça...

— Enfin, c'est invraisemblable, ce sous-marin qui va se jeter dans la gueule du loup...

— Peut-être, mais vrai. L'amiral Cooper est formel. Le submersible fonçait vers le nord, vers la mer Noire, de toute la vitesse de ses machines.

Il y eut un silence.

— Vous savez ce que cela veut dire, messieurs, reprit d'un ton grave Mitchell. Nous avons retiré de Turquie nos bases de fusées pour les remplacer par des sous-marins armés de Polaris croisant en Méditerranée. Mais si les Russes, *eux aussi*, ont trouvé le moyen de faire passer en Méditerranée des sous-marins à eux, c'est toute notre stratégie de dissuasion qui s'effondre dans ce coin du monde...

Un ange passa, les ailes chargées de fusées. Mitchell reprit :

— Il est d'une importance capitale de découvrir, qui était, d'où venait, et où allait ce sous-marin. Il nous faut trouver l'astuce des Russes. C'est vital. Et ça ne va pas être facile. Je vous remercie, messieurs.

Mitchell resta un instant seul, la tête dans ses mains. Puis il appuya sur le bouton de l'interphone.

— Bill, venez me voir.

À ISTANBUL

Bill entra quelques instants plus tard. C'était le patron du réseau-action de la C.I.A. au Moyen-Orient. Un dur, intelligent et dangereux. Il s'assit et prit une cigarette.
— Qu'y a-t-il ?
— Est-ce que vous avez des gens qui parlent le turc chez vous ?
— Le turc ?
Bill réfléchit.
— Non, personne. À part une bonne femme inutilisable en mission. Mais à Ankara et à Istanbul nous avons des gens.
— O.K. Contactez les deux meilleurs et envoyez-les à Istanbul. Qu'ils s'installent au Hilton. Je vais leur envoyer quelqu'un ici.
— Qui ?
— S.A.S.
— Ce dingue ! Avec son château !
— Un vieux dingue qui parle vingt-cinq langues et qui a un cerveau en forme d'I.B.M., ça ne court pas les rues. Et il n'a jamais échoué.
— Faites comme vous voudrez. Après tout c'est vous le patron. Mais il va encore nous coûter une fortune.

À INSTANBUL

Et Bill se leva et sortit. Mitchell décrocha son téléphone et dit :
— Donnez-moi le 925 0524 à Poughkeepsie, dans l'État de New York. Appel personnel pour Son Altesse Sérénissime le prince Malko Linge.

CHAPITRE IV

À Izmir, vieille ville turque piquée de mosquées comme un gâteau d'anniversaire de bougies, il n'arrive jamais rien. La seule ressource consiste à regarder la mer, à l'endroit où passe tout le trafic du Bosphore, vieux cargos, pétroliers étincelants, caïques poussifs chargés à ras bord d'un matériel hétéroclite ou barques de pêche.

De sa terrasse, John Oltro, vice-consul des U.S.A. avait la plus belle vue d'Izmir. Et aussi le meilleur équipement technique : une longue-vue de cuivre rouge achetée dans un bazar d'Istanbul, une autre, plus banale mais plus sûre et une vieille paire de jumelles marines.

Au début de son séjour à Izmir, John Oltro avait fait du zèle, scrutant chaque navire qui passait, espérant toujours découvrir un croiseur russe déguisé en innocent cargo. La C.I.A. l'avait mis en garde avant son départ : un bon diplomate doit toujours ouvrir l'œil et la proximité des Russes rendait tous les postes diplomatiques turcs, « hot ».

Mais très vite, avec son homologue russe, il s'était rendu compte qu'Izmir n'était pas le nid d'espions décrit par Washington. Le vice-consul russe, Dimitri Richkoff passait le plus clair de son temps à disputer des parties d'échecs contre lui-même.

Ce jour-là, le 25 juillet, John Oltro venait de prendre sa place habituelle sur sa terrasse lorsqu'il observa un attroupement sur la jetée du port.

Un groupe de curieux entourait une barque de pêcheurs qui venait de rentrer. John prit ses jumelles et regarda. Ce qu'il vit le fit sursauter : les pêcheurs halaient sur le quai le corps d'un homme vêtu d'une sorte de combinaison noire !

Il vissa ses jumelles avec plus d'attention. La mer rejetait de temps en temps des cadavres, la plupart du temps les corps de pêcheurs surpris par un coup de vent. Mais cette fois, cela paraissait différent. Soudain il vit une haute silhouette fendre la foule : Dimitri Richkoff, vêtu d'un complet blanc, venait aux nouvelles.

Le temps de dégringoler ses deux étages, John fendait la foule et s'approchait du chef de la police qui venait d'arriver. Ce dernier le salua en souriant. John entretenait d'excellents rapports avec la police turque. Ce n'est pas pour rien que les contribuables américains déversaient sur le pays une manne de bons dollars.

John se pencha sur le corps recouvert d'une toile.

— Un client pour moi, cher ami ?

— Je ne sais pas, monsieur le consul. Cet homme n'est pas turc, en tout cas, ni grec. Et il porte une combinaison d'homme-grenouille. Nous allons l'examiner. Je vous le ferai savoir. Pour le moment, il est sous la responsabilité de la police turque.

— C'est peut-être un homme-grenouille de la VIe flotte qui manœuvre au large des côtes, hasarda le diplomate.

— Peut-être, répliqua laconiquement le policier.

À INSTANBUL

Une ambulance s'approchait, les policiers écartèrent la foule et chargèrent le corps sur un brancard. John Oltro remarqua que le diplomate russe regardait fixement un point vers le bas de la combinaison du mort. John essaya de voir, mais le corps était déjà dans l'ambulance.

Son regard croisa celui du Russe.

— Un peu de distraction, soupira Dimitri. Encore un de vos fauteurs de guerre de la VIe flotte.

— Ou un de vos espions, sourit John.

Les deux hommes s'éloignèrent vers la ville. Soudain John entendit derrière lui un pas se rapprocher. Il se retourna et se trouva nez à nez avec le chef de la police. Celui-ci, souriant de toutes ses dents, lui souffla à l'oreille :

— Je n'ai pas voulu alerter votre collègue russe. Mais si ça vous intéresse, venez dans ma « boutique » tout à l'heure.

John le remercia et se hâta de regagner son home pour ne pas montrer sa précipitation. Inutile de donner l'éveil à son petit camarade.

À ISTANBUL

Mais celui-ci, déjà enfermé dans son bureau, appelait fiévreusement l'ambassade d'U.R.S.S. à Ankara.

Lorsque John Oltro entra dans le bureau du commissaire ce dernier était en train d'examiner un poignard, ou plutôt une dague. Dès qu'il vit le diplomate, il lui tendit l'objet avec un sourire en coin.

— C'était accroché à sa ceinture, dit le commissaire.

Tout de suite, John Oltro remarqua sur la lame l'ancre marine avec un numéro matricule. Mais ce qu'il vit plus haut le fit jurer à voix basse : le pommeau de la dague était orné d'une étoile rouge, d'une faucille et d'un marteau.

— Un Russe, fit-il à mi-voix.

— Un « Russo », acquiesça le policier. Et nous avons encore trouvé ceci.

Il tendit un portefeuille. John Oltro en sortit immédiatement ce qui paraissait être une carte d'identité en russe. John savait un peu de russe. Il déchiffra que l'homme s'appelait Stegar Alexander Sergueiévitch Tegar, matricule B 282 290 et qu'il était premier lieutenant-canonnier

À INSTANBUL

à bord de l'unité 20 546 de la marine de guerre soviétique.

Sur la photo, il paraissait jeune mais la carte indiquait trente-cinq ans.

John grillait d'empocher la carte. Le Turc le devança et murmura :

— Je ne peux pas, cela ferait des histoires. Je vais être obligé de prévenir votre collègue.

L'Américain continuait à fouiller le portefeuille. Il en retira la photo d'une jeune fille, plusieurs autres cartes, une liasse de roubles ainsi qu'un ticket jaune qui paraissait être un billet d'entrée de cinéma. John Oltro le tint un instant entre le pouce et l'index et le Turc détourna pudiquement les yeux lorsqu'il l'empocha. Il fallait bien justifier l'OTAN.

— Vous voulez voir le corps ?
— Bien sûr.

Les policiers l'avaient mis dans une cellule, posé dans une grande caisse entre deux barres de glace. Le visage était calme, peu gonflé, les yeux étaient clos. L'homme n'avait pas dû séjourner plus de quelques heures dans l'eau.

Sous sa combinaison, il portait un pantalon d'uniforme sur un slip de bain ainsi qu'un tricot sans manches sous un pull à col roulé.

Pensif, John le regarda un instant. Ce n'était peut-être qu'une affaire banale. Il arrivait fréquemment que des navires de guerre russes empruntent le Bosphore. Ce Russe-là avait peut-être choisi la liberté ou bien avait été victime d'un accident.

— O.K., merci, dit-il au policier turc. Je vais faire mon rapport.

L'Américain prit congé. Rentré chez lui, il envoya immédiatement un long télégramme chiffré à l'ambassade d'Ankara. Il faillit parler du ticket de cinéma, mais ne le fit pas. C'était plus amusant de le garder en souvenir.

Deux heures plus tard, il recevait une réponse à son télégramme. Après l'avoir déchiffré, il se prit la tête à deux mains ; pour une fois, il se passait quelque chose à Izmir. Le télégramme disait :

« Top-secret. Faites l'impossible pour vous emparer des papiers du marin soviétique. Affaire ultrasecrète de la plus haute importance. Évitez que les autorités russes soient au courant. Nous envoyons

À INSTANBUL

pour vous aider capitaine Watson, de la Navy. »

Au même moment Dimitri Richkoff déchiffrait lui aussi un câble de son ambassade qui disait :

« Ultrasecret. Faites l'impossible pour éviter que la découverte s'ébruite. Empêcher surtout les Américains de voir le corps. Faites-le disparaître et brûlez les papiers. Nous vous envoyons de l'aide par les moyens habituels. »

John Oltro ne se tenait plus de joie. Enfin de l'action ! Il décrocha son téléphone et appela le commissaire.

— Quand allez-vous transporter le corps, cher ami ?

— Votre confrère soviétique vient de me poser la même question. Demain matin un fourgon mortuaire viendra le prendre et l'emmener à Istanbul pour être remis aux autorités soviétiques.

— Merci. Vous devez avoir hâte d'être débarrassé de ce colis.

Ça n'allait pas être facile. Pas question d'attaquer le commissariat pendant la nuit. Il ne restait que le transport.

CHAPITRE V

Elko Krisatem avait beau être le tueur à gages le plus consciencieux d'Istanbul, il tirait le diable par la queue. Cette profession, qui en d'autres lieux, assure des revenus substantiels, permettait tout juste à Elko de ne pas mourir de faim. C'est que les Turcs sont fiers et combatifs. Aussi il avait été réduit à s'engager pour la Corée dans le bataillon turc de l'ONU. Partis 4 500, ils étaient revenus 900.

Après, cela avait été le marasme. Les complots politiques étant exclusivement montés par des militaires trop soucieux de la hiérarchie pour faire assassiner un colonel par un simple civil, Krisantem se rabattait sur les basses besognes de la police d'Istanbul.

À INSTANBUL

Avec ses quelques sous, il s'était acheté une Buick 1961, et se louait avec sa voiture 200 livres par jour aux touristes américains du Hilton. Tout en attendant la belle affaire. Comme il parlait assez bien l'anglais, qu'il était extrêmement poli et courtois, qu'il avait promis au « bell-captain » de l'hôtel de lui couper les attributs sexuels avec un rasoir s'il dirigeait les bons clients vers un concurrent, il travaillait beaucoup.

Ce soir-là, il briquait sa Buick noire devant la porte de son petit pavillon lorsqu'une voiture stoppa près de lui.

Un homme grand et blond en descendit et lui adressa la parole :

— Vous êtes Elko Krisantem ?

C'était un étranger, mais il parlait parfaitement le turc.

— Oui, c'est moi.

Bizarre. Il n'avait pas une tête de « client ». Et il fallait bien connaître Istanbul pour se diriger dans ce quartier surplombant le Bosphore.

— Je veux vous parler. Je suis un ami de Ismet Inonu. Il m'avait parlé de vous... avant ses ennuis.

À ISTANBUL

Un ange passa. Inonu avait été pendu trois mois auparavant. Pour espionnage au profit des Russes. Krisantem le connaissait bien. Ils avaient été en Corée ensemble. De temps en temps, Inonu lui refilait un « client » ou une petite affaire. Toujours très discret, il payait bien.

— Venez dans ma voiture, je vais vous expliquer l'affaire.

Ils s'assirent dans la Fiat 1100 de l'inconnu. Ce dernier lui parla durant dix minutes. Krisantem était songeur.

— C'est dangereux ce que vous me demandez. Il faut que je réfléchisse.

L'autre le coupa :

— D'accord. Je vous donne cinq minutes. Si vous acceptez, il faut que vous partiez dans une heure. 10 000 livres maintenant, le reste au retour.

Le cerveau de Krisantem travaillait à toute vitesse. Il voyait déjà très loin. Et c'était peut-être l'affaire de sa vie. Mais ce n'était pas du tout cuit. Il jeta un regard de côté à son interlocuteur. Ce dernier, le visage impénétrable, avait déjà tiré une liasse de sa poche.

— J'accepte, fit Krisantem. Je pars après le déjeuner. Et je ferai l'impossible pour réussir. Mais s'il y a un pépin?

— On vous aidera à quitter le pays.

Perspective qui ne souriait pas tellement à Krisantem. La Russie, c'est beau, mais vu de loin. Il hocha la tête sans répondre. L'autre lui glissa la liasse de billets dans la main.

— Rendez-vous ici après-demain. Il faut que tout ait bien marché. S'il y a la moindre anicroche, vous téléphonez à la personne que vous verrez à Izmir. De la part de Doneshka.

Sans attendre la réponse, le Russe tourna la clé de contact. Enfouissant les billets dans sa poche, Krisantem descendit. Rentré chez lui, il lui fallut un quart d'heure pour boucler sa valise. À tout hasard, il avait mis dedans un vieux 9 mm espagnol qui lui venait d'un cousin spécialisé dans le pillage des cargos. Mais, personnellement, il préférait le lacet. C'est plus silencieux et ça ne coûte rien.

Il fit le plein à sa petite station habituelle, puis passa au Hilton pour prévenir son ami le concierge qu'il disparaissait deux jours. L'autre, dès qu'il le vit, accourut.

— Tu arrives bien. J'ai un Américain qui veut aller à Izmir tout de suite. Ça fait une demi-heure que je l'empêche de prendre une autre bagnole.

— À Izmir !

Il n'en croyait pas ses oreilles, Krisantem. C'était un coup à retrouver la foi de sa jeunesse. Car son autre client, *aussi*, l'envoyait à Izmir...

Le portier se méprit sur son air songeur.

— Tu peux pas ? Tu vas pas me laisser tomber ?

— Non, non, se hâta de dire Krisantem. Mais c'est fatigant.

— Il a de l'argent. Tiens, d'ailleurs, le voilà.

L'Américain arrivait, portant lui-même sa valise, une Samsonite marron. Il était grand, vêtu d'un costume bleu, les cheveux très courts. Un visage carré et rose.

« Ça, c'est un militaire », pensa Krisantem.

Il y eut une courte discussion pour le prix. Le Turc demanda 1 000 livres. L'autre hésita à peine et dit « oui ».

À INSTANBUL

C'est qu'il avait reçu l'ordre de ne pas trop discuter les prix du Turc. Krisantem avait une fiche curieuse et détaillée chez les Turcs. Ces derniers avaient aimablement communiqué son nom aux Américains pour les occasions comme celles-ci. C'est toujours pratique d'avoir sous la main un type prêt à donner un coup de main pour un truc pas trop légal.

Ainsi en arrivant au Hilton, Watson avait trouvé dans une enveloppe un mot laconique : « Pour aller à Izmir prendre comme chauffeur Elko Krisantem. *Il peut vous servir.* »

Krisantem lui ouvrit vivement la porte avec beaucoup de politesse et se mit derrière son volant. Cinq minutes plus tard, ils faisaient la queue devant le ferry-boat de l'avenue Mebosan, pour passer en Asie et prendre ensuite la route d'Ankara.

De temps en temps, Krisantem jetait un coup d'œil dans son rétroviseur. Son client paraissait tendu. Au lieu d'admirer la côte et les Îles du Prince, il jouait avec un stylo ou sa chevalière.

« C'est pas un touriste », pensa Krisantem.

À ISTANBUL

Au début, il avait bien pensé à une coïncidence. Et être payé deux fois pour faire le même travail, c'est toujours agréable. Maintenant, il se demandait si c'en était vraiment une. Tout cela était bizarre.

Ils roulèrent toute la journée, pratiquement sans échanger une parole. Parfois, l'Américain demandait si c'était encore loin, et c'était tout.

La vieille Buick se comportait vaillamment en dépit d'un pare-brise fendu et d'amortisseurs inexistants.

Ils arrivèrent à Izmir à la tombée de la nuit. Il y faisait chaud et les rues fourmillaient de monde. Automatiquement, Krisantem s'arrêta devant l'hôtel Sedir qui lui ristournait sa commission.

— Allez manger quelque chose, lui dit l'Américain. Mais revenez vite. J'aurai peut-être besoin de vous ce soir.

Il était bien question de manger ! Le Turc fonça à l'adresse donnée par son premier employeur. On l'introduisit tout de suite dans une bibliothèque élégante où l'attendait un homme grand, distingué et assez hautain.

— Alors ?

— Alors quoi ? demanda Krisantem. J'arrive.

— Vous savez ce que vous avez à faire ?

— Oui, mais ça va être très difficile.

— Si c'était facile, nous n'aurions pas fait appel à vous. Souvenez-vous de ce que nous voulons. Il faut qu'il ne reste aucune trace du corps, que nous entrions en possession des papiers. Vous les remettrez à la personne que vous avez vue.

— Quand a lieu le transport ?

— Demain matin. C'est un fourgon mortuaire conduit par un seul homme. Pas armé. Et il ne se méfiera pas. Il partira du commissariat. Vous avez un plan ?

Krisantem hésita un peu.

— Oui, j'ai un plan. Mais je vais être obligé de – il hésita sur le mot – neutraliser le conducteur.

— Et alors, fit son interlocuteur, c'est un fourgon mortuaire.

Évidemment, c'était une façon de voir les choses. Étant donné la tournure que prenait la conversation, le Turc préféra ne pas parler de son Américain. Celui-là, il fallait s'en débarrasser au plus vite.

Il fila au commissariat. Garant sa voiture en face, il fit rapidement à pied le tour du pâté de maisons. Il n'y avait qu'une sortie, facile à surveiller. Juste à côté, se trouvait un petit café d'où s'échappaient des bribes de musique.

Remontant dans sa voiture, il retourna à l'hôtel. Son client était dans le hall et bondit de son fauteuil en le voyant.

— Venez vite, je suis pressé, lui dit-il.

— Mais les restaurants ferment tard ici, coupa Krisantem. J'en connais un très bon, à la sortie, sur le port. Ce sont les meilleurs homards d'Izmir.

— Je ne dîne pas au restaurant. Je veux visiter un peu la ville. Et, d'abord, je voudrais voir le commissariat.

Krisantem eut du mal à ne pas sursauter. Il regarda son client en coin. Ça changeait tout. Sale truc ! Ce n'était plus le moment de larguer l'autre dans la nature.

Pour la seconde fois, il fit le tour du commissariat. L'autre regardait de tous ses yeux. Krisantem se sentit pris d'un étrange malaise. Il y avait vraiment trop de gens qui s'intéressaient à la même chose.

— Conduisez-moi rue Serdar-Sodak, au numéro 7, ordonna l'Américain.

Dans l'enceinte du quartier résidentiel, c'était une grande maison entourée d'un parc. La Buick noire se rangea à côté d'une Oldsmobile dotée d'une plaque CD. On devait attendre un visiteur, car la porte s'ouvrit tout de suite.

Un homme attendait en effet.

— Watson ? demanda-t-il, en tendant la main au visiteur.

— Oui, monsieur le consul. À votre disposition.

— Venez dans mon bureau.

Watson s'assit dans un fauteuil, tandis que le diplomate se mettait à arpenter la pièce.

— Nous sommes dans une situation délicate, mon cher, commença-t-il. Je pense que nos gens d'Ankara vous ont envoyé ici parce que vous êtes un marin et que cette histoire vient de la mer. À la C.I.A...

— Mais je ne suis pas à la C.I.A., coupa Watson. Je devrais être au fond de l'eau en ce moment avec mon sous-marin. On m'a débarqué à Istanbul pour prêter main-forte aux gens que la C.I.A. va envoyer ici pour éclaircir l'histoire qui nous est arrivée.

Rapidement il raconta la disparition du *Memphis*. Quand il eut fini, le consul, à son tour, lui parla du cadavre.

— C'est un Russe. Il faut que nous récupérions ses papiers. Les Turcs ne veulent pas les donner par peur des complications. Il ne reste qu'un moyen : les voler. Vous êtes seul ?

— Oui, mais j'ai un chauffeur. Un type qui est prêt à se mouiller, paraît-il et qui parle anglais. Il pourrait peut-être m'aider.

— C'est risqué.

— Pas le choix. Nous n'avons que jusqu'à demain. Après, à Istanbul, ce sera trop tard. Et j'ai l'impression que ces papiers peuvent considérablement aider nos amis.

— Bon. Je vous souhaite bonne chance. Étant donné ma position, je ne peux pas faire grand-chose. Mais si vous avez un coup dur, je serai là.

Watson se leva. Le diplomate lui serra longuement la main et le raccompagna.

Krisantem se précipita pour ouvrir la portière.

— Alors, où allons-nous dîner ? demanda l'Américain avec jovialité.

Ils se retrouvèrent dans un petit restaurant de pêcheurs où on mangeait généralement des crevettes. Toutefois le homard était sensationnel. L'Américain avait tenu à ce que Krisantem dîne avec lui. Comme dessert, on leur apporta une quantité de loukoum rose et écœurant. L'Américain en prit un et dit :

— Vous voulez gagner beaucoup d'argent ?

On ne demande jamais ça quand il s'agit d'un boulot honnête.

— C'est pour un grand voyage ? demanda bêtement Krisantem.

— Demain, je vais vous demander un service. Si vous acceptez, il y 5 000 livres pour vous.

— 5 000 livres ! C'est beaucoup d'argent.

— Il faut que vous m'aidiez à prendre quelque chose. Et que vous ne parliez jamais de cela à personne.

Krisantem réfléchissait dur. Watson prit cela pour de la peur. Il posa sa main sur le bras du Turc, se disant qu'on l'avait peut-être mal jugé.

— Vous être patriote ? Vous aimez votre pays ?

— Euh, oui, bien sûr, fit Krisantem surpris.

— Eh bien, vous allez travailler pour lui.

— Ah, bon...

— Allons-y. Demain matin il faut nous lever tôt.

Dans la voiture, en revenant à l'hôtel, Watson expliqua son plan. Le Turc se demandait s'il rêvait. Bien sûr ; l'argent rentrait à flots, mais il allait falloir vivre assez longtemps pour en profiter.

Il déposa Watson au Sedir et alla modestement coucher dans un petit hôtel à 20 livres la nuit.

La Buick était garée devant le commissariat. Le corbillard venait d'arriver. Il était à peine huit heures. Comme de bons touristes s'apprêtant à affronter une journée consacrée aux visites de musées, les deux hommes assis face au commissariat prenaient un café turc brûlant.

Dix minutes plus tard, quatre policiers apparurent porteurs d'une grande caisse qu'ils chargèrent aussitôt dans la Ford bringuebalante. Un chauffeur était à l'intérieur. Il sortit au bout de quelques minutes avec une grande enveloppe à la main.

Watson sursauta.

— Voilà !

— Quoi ? fit Krisantem, méfiant. Dans sa poche gauche, il avait son lacet et, dans la droite, le vieux pétard espagnol.

— Cette enveloppe. Il me la faut.

— Comment faire ?

— J'ai une idée. Démarrez et accrochez le corbillard. Vous descendez, et vous vous engueulez avec le type.

— Ah ! Et ma voiture ?

— Aucune importance, je vous dédommagerai. Bien. Allez, en avant.

Boudeur, Krisantem démarra. Le corbillard venait de décoller du trottoir. Le Turc se plaqua derrière lui. L'occasion vint à un feu rouge. Dans un grincement, le corbillard freina. Krisantem n'eut qu'à lever légèrement le pied du frein pour obtenir le résultat souhaité.

Dans un grand bruit de tôle, l'avant de la Buick enfonça la porte arrière du corbillard.

Vingt secondes après il y eut cinquante personnes autour des deux véhicules immobilisés au milieu de la chaussée. Derrière, un vieil autobus qui avait déjà dû faire quatre fois le tour de la terre, commença à klaxonner. Tous ses occupants s'étaient mis aux fenêtres et injuriaient copieusement les deux conducteurs.

Krisantem descendit dignement de sa Buick et interpella le chauffeur de la camionnette :

— Exécrable demeuré, pourquoi n'es-tu pas resté dans le ventre pourri de ta putain de mère au lieu de semer la discorde dans cette rue paisible ?

— *Trash*, fit l'autre, ce qui, en bon turc, signifie : « Va te faire sodomiser chez les Grecs. »

Commencée sous de pareils auspices, la conversation ne pouvait que bien se poursuivre. La réplique suivante fut un coup de pied de Krisantem qui rata de peu les parties vitales de l'autre. Un coup de tête dans le ventre de Krisantem accrocha mieux le dialogue. Les deux hommes roulèrent à terre, sous les applaudissements de la foule. Il y a peu de distractions à Izmir...

Watson était sorti par l'autre portière de la Buick. Il se glissa jusqu'à la cabine du corbillard. La portière n'était pas fermée de l'intérieur. Il ouvrit. L'enveloppe était posée bien en évidence sur la banquette.

Il jeta un coup d'œil derrière lui. Tous les badauds étaient agglutinés autour des deux chauffeurs. Il tendit la main et enfouit rapidement l'enveloppe dans la poche intérieure de sa veste. Puis, tranquillement, il alla se mêler à la foule.

Un flic moustachu et pas rasé, sanglé dans un uniforme couvert de taches et chiffonné, fendit paresseusement la foule. À sa vue, tous ceux qui n'avaient pas la conscience tranquille, se dispersèrent. Il ne resta que deux ou trois personnes autour des deux combattants. La vue de l'uniforme calma le chauffeur du corbillard. Décochant un dernier coup de pied au pauvre Krisantem, il se releva.

La discussion confuse qui suivit fut perdue en grande partie pour Watson. Et c'est dommage. Car l'assurance étant un luxe quasi inconnu en Turquie, chaque accident est réglé par celui qui reconnaît avoir eu tort. Et s'il n'a pas d'argent, il se met au service de la victime.

Il faut se méfier de ce procédé. Un diplomate chicanier se retrouva un jour ainsi encombré d'un cuisinier ne sachant préparer qu'un plat, mais doté en revanche de trois femmes et d'un nombre indéterminé d'enfants qui se trouvèrent à la charge de l'employeur.

Dans le cas présent. Krisantem s'en sortit élégamment. Tirant des billets chiffonnés de sa poche, il tendit à l'autre 300 livres. Du coup, les sourires refleurirent sur les lèvres. Le chauffeur du corbillard remonta dans sa cabine et s'éloigna.

Watson ne quittait pas des yeux le corbillard. Pourvu que l'autre ne s'aperçoive pas de la disparition de l'enveloppe. Au demeurant, on ne le soupçonnerait pas. Mais quand même…

À INSTANBUL

Krisantem se glissa derrière son volant et démarra.

— Tournez à droite tout de suite, ordonna Watson.

— Ça m'a coûté une chemise et 600 livres, grommela le Turc. Vous avez l'enveloppe, au moins ?

L'Américain ignora la question, mais dit seulement :

— Il faut combien de temps pour retourner à Istanbul.

— Six heures environ.

— Alors, partons tout de suite. Je voudrais y être avant la fin de l'après-midi.

Ça n'allait plus du tout. Krisantem eut un frisson dans le dos. À vouloir courir deux lièvres à la fois, il s'était fichu dans un drôle de pétrin. Son premier employeur n'allait pas apprécier du tout cette complication.

Son argent risquait bien de ne lui servir qu'à se payer un cercueil avec des poignées en or... Soudain, il eut un éclair de génie.

— Je ne peux pas partir comme ça, protesta-t-il. Mon radiateur est abîmé. Il faut que je passe dans un garage.

— Il y en a pour combien de temps ?

À ISTANBUL

— Deux heures au moins.
— Bon, allons-y.
Encore un sale truc. Krisantem prit sa voix la plus ennuyée :
— Il vaudrait mieux que vous alliez vous reposer à l'hôtel. S'ils voient un étranger avec moi, ils vont me faire payer plus cher.
— D'accord. Mais dépêchez-vous.
Krisantem eut un soupir intérieur. Pour le genre de réparation qu'il avait à effectuer, il valait mieux être seul... À peine eut-il déposé l'Américain à l'hôtel qu'il fonça vers la sortie de la ville. C'était risqué de laisser l'autre seul avec les papiers, mais il n'avait pas le choix. Il fallait au moins réussir une partie du travail.

Il dut se faufiler entre un incroyable magma de charrettes à âne, d'autobus antédiluviens, de camions russes tombant en morceaux, de piétons apathiques.

La sueur coulait sur son front. À la moindre pause, tout son plan était en l'air. Et lui n'avait plus qu'à prier Allah. Sous un coup d'accélérateur furieux, la vieille Buick trembla, bondit en avant, le compteur se stabilisa à 100. Impossible de la pousser davantage, et même à cette vitesse-là, c'était faire courir un cent mètres à un cardiaque.

Le paysage défilait autour de lui. Une campagne pauvre et plate, brûlée par le soleil. De temps en temps, un village pouilleux orné d'une pompe à essence « Turkayi ». Et toujours pas de corbillard en vue. Il fallait absolument qu'il le rattrape avant les collines. Il avait mal aux jointures à force de serrer son volant. Le soleil tapait en plein et la grosse voiture noire était semblable à une étuve.

Enfin, il l'aperçut et faillit même l'emboutir une seconde fois ! Mais involontairement. L'autre roulait tout doucement sur le bas-côté de la route, un bras pendant par la portière. Krisantem l'imagina abruti de chaleur et songeant à son macabre chargement.

Au loin, les montagnes bleuâtres dansaient sous la chaleur torride. La montée s'amorçait dix kilomètres plus loin. La route traversait un paysage sauvage et désolé, sans une habitation. Des pentes abruptes longeaient la route de chaque côté, sans un arbre. Le coin idéal pour une opération discrète.

À ISTANBUL

Krisantem laissa partir l'autre devant. Il ne fallait pas qu'il le repère trop vite. Finalement, ce n'était pas une mauvaise chose l'incident du matin. Cela allait faciliter la prise de contact.

Le corbillard aborda la première pente. Krisantem comprit qu'il changeait de vitesse. Il y avait encore trois ou quatre kilomètres. Pas une voiture en vue. Il poussa un peu la Buick pour qu'elle se rapproche.

Revenu à une occupation qui lui était familière – tuer – il se sentait parfaitement à l'aise. Il vérifia que son vieux parabellum était enfoncé dans la banquette.

La route grimpa encore durant une dizaine de minutes. Puis apparut une longue section plate qui se terminait par une descente en lacet sur village d'Ortakoï. Le paysage était désert et grandiose. Des rochers énormes et jaunâtre semblaient avoir été éparpillés par la main d'un géant. Pas un arbre, et le soleil.

Krisantem accéléra doucement. Au moment de dépasser le corbillard, il klaxonna plusieurs fois. Puis, passant son bras par la portière, il fit signe à l'autre de s'arrêter. Lui-même se rabattit très vite et stoppa, une centaine de mètres en avant sur le bas-côté.

Aussitôt, il descendit de voiture et se posa sur la route, son sourire le plus engageant aux lèvres.

Le corbillard stoppa à cinquante centimètres de lui, dans un grincement de freins. Le conducteur n'avait pas l'air rassuré. « Il doit croire que je veux lui reprendre son fric », pensa Krisantem. S'approchant de la portière, il se hâta de le rassurer.

— Je roulais derrière quand j'ai vu de la fumée qui sortait de ta roue arrière droite. Tu dois avoir une mâchoire de freins qui bloque.

— Ah merde ! fit l'autre. Ça va être gai de démonter avec cette chaleur.

— Je vais te donner un coup de main, proposa Krisantem.

— Tu m'en veux pas pour ce matin ? Tu comprends, la bagnole n'est pas à moi. Mon patron m'aurait viré.

— Mais pas du tout, fit Krisantem, très grand seigneur. C'est mon client qui a payé. J'y ai même gagné.

À ISTANBUL

— Ah bon, fit l'autre, soulagé. Ça m'étonnait aussi que tu aies marché aussi facilement.

Il descendit et s'étira. Sa chemise grise était trempée de sueur dans le dos. Il avait une bonne tête avec de grosses lèvres et des yeux proéminents de grenouille. Il alla à l'arrière, s'agenouilla avec un soupir et envoya le bras sous le véhicule.

Krisantem l'avait suivi. Silencieusement, il avait tiré son lacet de sa poche. Il regarda autour de lui. Aucune voiture ne venait, ni dans un sens, ni dans l'autre.

— C'est marrant, grogna le chauffeur, le tambour n'est pas chaud. Tu es sûr que c'est la roue droite ?

Brusquement, il eut l'impression qu'une lame de rasoir lui tranchait la gorge. Krisantem venait de passer rapidement le lacet autour de son cou. Et maintenant, il serrait, tenant bien en main les deux poignées. D'un coup de genou dans le dos, il empêcha sa victime de se relever. Celui-ci griffait sa propre gorge, tentant d'arracher le lacet qui s'enfonçait un peu plus à chaque seconde dans les chairs.

Sa vue se brouilla. Il ouvrit la bouche pour hurler, mais aucun son ne sortit. D'un coup de reins désespéré, il essaya de se relever. Mais sa tête heurta la caisse et il retomba étourdi.

Krisantem en profita. Il se laissa tomber de tout son poids sur l'autre, tout en continuant à serrer. Ainsi, au cas où une voiture passerait, ils auraient l'air de deux compagnons farfouillant dans une bagnole en panne. Le chauffeur eut encore quelques soubresauts, puis se tendit brusquement pour retomber, tout mou. Krisantem serra encore un bon coup pour être sûr, puis, avec précaution, enleva son lacet.

Il se releva, un peu essoufflé. Le soleil tapait de plus en plus. Par les pieds, il tira le cadavre de dessous la voiture. Rapidement il fouilla ses proches et en tira les billets qu'il lui avait donnés le matin. Pas de petits bénéfices.

Avec un « han » de peine, il chargea le corps sur son épaule et alla le jeter sur la banquette du corbillard. Le cadavre s'affala sur le volant. De loin, il avait l'air de faire la sieste.

Krisantem courut à sa voiture. Faisant marche arrière, il vint se garer juste devant l'autre. Il ouvrit son coffre. Les jerricans étaient là. À grand-peine, il sortit le premier et courut jusqu'à l'arrière du corbillard. La porte n'était pas fermée à clef. Mais il se recula d'un bond : l'odeur était épouvantable. Il regarda avec horreur la caisse posée sur le plancher. Ça devait couler comme du camembert...

Le couvercle n'était pas cloué. Il le souleva. La puanteur le fit verdir. Il se hâta de déboucher le jerrican et commença à en verser précautionneusement le contenu sur tout le corps, comme un cuisinier consciencieux arrosant un rôti.

L'odeur de l'essence lui parut aussi douce que celle des roses d'Ispahan, après le reste. Quand le jerrican fut vide, il sauta hors du corbillard et courut jusqu'à son coffre. Toujours rien en vue.

Il vida le second jerrican sur le corps du chauffeur et dans la cabine. Il en dégoulina partout. La banquette en

À INSTANBUL

absorba une bonne dizaine de litres. « Un bon barbecue », pensa Krisantem qui avait entendu parler de Mme Nhu[1].

Le troisième jerrican servit à arroser les pneus et la carrosserie. Mais le Turc ne vida pas tout. Manœuvrant, il se plaça derrière le corbillard. À l'endroit où il était arrêté, la route commençait à descendre très légèrement. La ligne droite se prolongeait une centaine de mètres et se terminait par un virage en épingle à cheveux, surplombant un ravin abrupt de plus de 200 mètres. Un coin dangereux.

En sueur, Krisantem remonta dans la Buick et démarra doucement. L'avant de la voiture vint s'encastrer dans l'arrière du corbillard. Le Turc accéléra ; le corbillard s'ébranla.

Ça collait. Krisantem arrêta son moteur. Il sortit et écouta attentivement. Aucun bruit de moteur. C'était l'heure où tous les routiers font la sieste.

---
1. Belle-sœur de Ngô Dinh Diem, chef de l'État vietnamien, qui conseillait aux bonzes de s'immoler par le feu.

Il attrapa le dernier jerrican et se mit à courir. C'était la partie la plus délicate, mais, hélas, indispensable. Au bout de cinquante mètres, il s'arrêta, déboucha le jerrican et répandit l'essence qui restait sur la chaussée. Puis, s'éloignant de quelques mètres, il craqua une boîte d'allumettes d'un coup et la jeta.

L'essence s'enflamma d'un seul coup avec un « vlouf » sinistre. La chaleur claqua le visage du Turc. Il avait une minute pour agir. Il revint en courant jusqu'à la Buick. Devant lui, l'essence brûlait avec une épaisse fumée noire.

La Buick démarra, poussant le corbillard. Krisantem jeta un coup d'œil dans son rétroviseur. Rien. Les deux véhicules prirent de la vitesse, l'un poussant l'autre. Il restait quarante mètres, trente mètres, vingt. Krisantem accéléra brusquement et freina à fond.

Il y eut un bruit de tôle et la Buick continua derrière le corbillard, accrochée par les pare-chocs. Krisantem sentit une sueur glacée dégouliner de ses omoplates.

L'essence brûlait à quinze mètres de là. Il allait griller comme un poulet.

À INSTANBUL

Inexorablement, le corbillard imbibé d'essence entraînait la Buick vers la nappe d'essence enflammée. Il restait dix mètres. Krisantem appuya de toutes ses forces sur l'accélérateur. Il y eut un horrible craquement de tôles. Alors, il freina à fond, arc-bouté sur son volant.

Le pare-chocs de la Buick céda. Le corbillard partit brusquement en avant. En sueur, le Turc le vit arriver sur l'essence, entendit un « plouf » sourd et il n'eut devant lui qu'une masse de flammes.

Transformé en brûlot, le corbillard dévalait la route de plus en plus vite. Il arriva dans le virage et continua tout droit, dans le ravin.

Krisantem mit la Buick en marche, jusqu'au virage. L'essence finissait de brûler sur la route. Il descendit, pour voir. Au bas du ravin, il y avait un véritable brasier. Une épaisse fumée noire s'élevait tout droit. La chaleur était telle qu'elle était sensible de la route. Il y eut deux explosions sourdes : deux pneus, puis une qui envoya à vingt mètres, tout l'arrière. C'était le réservoir d'essence.

On ne risquait pas de retrouver grand-chose. Krisantem sourit, soulagé. La moitié de son boulot était accomplie. Mais il restait encore une corvée désagréable...

Il fit faire demi-tour à la Buick et repartit sur Izmir. Au bas de la côte arriva un camion chargé de madriers qui montait à dix à l'heure. L'« accident » allait être découvert. En regardant sa montre, le Turc fut surpris de voir que toute l'affaire n'avait pas pris plus d'un quart d'heure.

Quand il s'arrêta devant l'hôtel, il avait le cœur battant. Si son client avait disparu avec l'enveloppe, il allait passer de difficiles moments. Il entra dans le hall. Il était là. Et bien là.

— Qu'est-ce que vous avez foutu ? rugit Watson en le voyant. Ça fait trois heures que je vous attends !

Servile, Krisantem bredouilla des explications techniques au sujet de son radiateur. Il n'avait plus qu'une chose à faire.

— Nous partons tout de suite, promit-il. Je dois seulement téléphoner à un ami.

À INSTANBUL

Il s'éclipsa et courut à la cabine de l'hôtel. Il demanda le numéro de l'homme qu'il avait vu à son arrivée à Izmir. L'autre devait attendre près de l'appareil car il décrocha instantanément.

— C'est Krisantem, fit le Turc.
— Alors ?
— J'ai presque tout fini. Mais il y a un pépin.
— Quoi ! C'était plus un rugissement qu'autre chose.

Succinctement, Krisantem expliqua l'intrusion de Watson dans l'histoire.

— Crétin, hurla l'autre. Pour quelques centaines de livres, vous risquez votre peau et la mienne ! Je devrais vous tuer sur place. Si cette enveloppe n'est pas reprise, je ne donnerai pas un kurus de votre peau, même si je dois vous étrangler moi-même.
— Mais…, coupa le Turc.
— Silence ! hurla son interlocuteur. Vous allez faire l'impossible pour récupérer cette enveloppe pendant le voyage.
— Oui, monsieur.
— Comment s'appelle ce type ?
— Watson, monsieur.

À ISTANBUL

— Il habite le Hilton ?
— Oui.
— Je vais prévoir une solution de secours. Et je souhaite pour vous que tout se passe bien. Vous serez contacté ce soir à votre retour.

Il avait raccroché. Plutôt déprimé, le Turc alla retrouver son client. L'argent qui alourdissait sa poche revolver commençait à lui peser... Morose, il reprit son volant.

La route défilait, il chercha désespérément une idée. On allait arriver dans les collines. Un beau coin désert. Au point où il en était... Il ralentit imperceptiblement puis lâcha l'accélérateur. La Buick s'arrêta presque. Il redonna un coup d'accélérateur. La voiture fit un bond en avant.

— Qu'est-ce qui se passe ? demanda l'Américain.
— L'essence, je crois. Je vais être obligé de m'arrêter.
— Dépêchez-vous.

Krisantem rangea la Buick sur le bas-côté. Il sortit et ouvrit son capot. Il lui fallait attirer l'autre dehors, pour la suite, il avait son lacet... Après avoir fourragé quelques secondes dans le moteur, il se dirigea vers l'arrière, avec l'intention de demander un coup de main à son passager.

Sa phrase lui resta en travers du gosier. L'Américain était assis, un gros pistolet noir dans la main droite.

— Eh, qu'est-ce qui vous prend ? protesta le Turc.

Watson montra son arme, un gros colt 45 automatique de l'armée.

— Je veux vous éviter des tentations.

Le Turc sourit, crispé.

— Vous n'avez pas très confiance en moi.

— En personne, fit l'autre.

Pour la forme, Krisantem trafiqua encore dans son moteur quelques minutes, puis claqua le capot. Il fallait trouver autre chose. C'est une chose d'étrangler un homme par surprise, c'en est une autre de se trouver en face d'un pétard qui fait des trous comme le poing...

Les kilomètres passaient très vite. À l'endroit où avait basculé le corbillard, il n'y avait aucune trace de l'accident. De son volant, le Turc ne put rien apercevoir.

À ISTANBUL

Quand il enfila l'avenue Bagdat-Caddesi, Krisantem n'avait encore rien trouvé. Il fallut attendre le ferry-boat une demi-heure. La nuit était tombée. De gros cargos descendaient lentement le Bosphore, évitant les caïques et les innombrables barques. Ils passèrent la tour Toksim et prirent l'avenue Cumhuriyet. Le Hilton était en vue. Lentement, Krisantem vira à droite devant les taxis et prit l'allée qui conduisait à l'hôtel. En s'arrêtant sous le porche, il s'attendait presque à prendre une grenade dans la gueule.

Mais il n'y eut que le sourire en coin du portier.

— Attendez-moi, ordonna Watson. J'aurai peut-être encore besoin de vous.

Krisantem acquiesça avec empressement. L'Américain lui était devenu plus précieux que sa propre mère, une bien sainte femme, pourtant.

Watson prit sa clef. Il n'y avait aucun message. Il hésita un moment à confier la précieuse enveloppe au coffre, puis se dit qu'il était plus sûr de la garder. D'ailleurs, il avait bien l'intention de téléphoner tout de suite au correspondant

À INSTANBUL

de la C.I.A. à Istanbul pour demander des instructions.

L'ascenseur le déposa au huitième. Il eut un coup d'œil pour la photo de Leila, la danseuse du ventre du « Roof » dont la photo était placardée dans l'ascenseur. « Un truc à voir ce soir », pensa-t-il. Ça me détendra. Et puis, dans le Michigan, c'est un sport peu pratiqué.

L'épaisse moquette étouffait le bruit de ses pas. Il arriva devant sa chambre, le 807, mit la clef dans la serrure et entra.

Il n'eut pas le temps d'allumer. Quelque chose de lourd le frappa à la tempe. Il chancela et un second coup l'atteignit à la nuque. Comme une masse, il s'écroula dans la penderie, sans même pouvoir tirer son colt.

CHAPITRE VI

Watson s'écrasa sur la terrasse du bar, entre deux Suédoises et une famille turque venue prendre le frais. Tout de suite, une large tache rouge s'étala sur le marbre : la tête avait porté la première. La jeune Turque qui servait le café, déguisée en femme de harem, avec ses pantalons bouffants et son petit justaucorps, lâcha sa cafetière sur les genoux d'un vieil Anglais et s'enfuit en hurlant.

Le manager de l'hôtel, un gros Juif de nationalité indéterminée, accourut au milieu d'une escouade de garçons. On jeta une toile sur le corps.

— C'est un accident, un horrible accident, répétait-il tout pâle.

Il y en avait certainement qui n'étaient pas de cet avis-là car, dix minutes après

À INSTANBUL

la chute de Watson, trois hommes fendirent la foule, l'air sombre. L'un d'entre eux montra une carte aux deux agents de police turcs qui gardaient le corps. Ceux-ci s'écartèrent respectueusement. C'était le consul des États-Unis. Quant aux deux types qui l'accompagnaient, ils auraient porté sur le dos un écriteau « flic », on ne les aurait pas mieux reconnus.

Effectivement, c'en étaient et des plus coriaces. Ils étaient arrivés le matin même d'Ankara par le vol 115 de la Panam afin de prêter main-forte au type qui se trouvait définitivement étendu sur le marbre. Anciens « marines » tous les deux, ils étaient précieux en cas de coups durs, mais n'avaient rien d'un champion d'échecs.

— Il n'a rien sur lui, dit le consul en se relevant.

Il n'avait pas la conscience tranquille, le consul. C'est lui qui avait envoyé Watson à Izmir parce qu'il n'avait personne d'autre sous la main. Mais un officier de l'U.S. Navy n'était pas de taille à lutter contre des professionnels du renseignement.

— Sa chambre, dit laconiquement un des deux gorilles.

Le type de la réception ne leur refusa pas la clef quand il vit leur tête. Ils s'engouffrèrent dans l'ascenseur, sans un mot.

Au moment d'entrer dans la chambre, sans même se parler, ils sortirent chacun un 38 spécial police. L'un s'écarta un peu de la porte, l'arme au poing. L'autre mit la clef dans la serrure et ouvrit d'un coup de pied.

Rien ne se passa. Ils se ruèrent dans la chambre. Tout était en ordre. La fenêtre était ouverte.

En cinq minutes, ils eurent retourné la pièce, vidant les tiroirs, sondant même les matelas. Ils vérifièrent la chasse d'eau, le fond des placards et ôtèrent l'arrière du poste de radio.

— Il n'a rien eu le temps de planquer, dit Chris Jones.

— Ils ont dû lui sauter dessus quand il est arrivé, observa Milton Brabeck.

Au moment où ils sortaient de la chambre, le directeur arrivait, accompagné de deux flics turcs en civil, l'air absent. Le directeur se tordait mains.

— C'est affreux, ça n'est jamais arrivé dans mon hôtel, se lamenta-t-il. Il a dû se pencher pour voir quelqu'un.

Chris Jones ricana, prit le bonhomme par le bras et l'amena à la fenêtre. Le rebord lui arrivait au-dessus de la taille.

— Il a fallu qu'il se penche beaucoup, remarqua-t-il doucement.

Le directeur eut un sursaut.

— Mais alors... Il s'est suicidé ? Il n'a pas laissé de lettre.

— On l'a suicidé, conclut Jones.

Ce qui plongea le directeur dans un abîme de réflexions. Il entama une longue conversation avec les deux flics turcs, puis, soupçonneux, se tourna vers les deux Américains.

— D'abord, messieurs, puis-je vous demander qui vous êtes ?

Jones tira une carte de sa poche et la mit sous le nez du directeur.

— Sécurité militaire de l'U.S. Navy. Cet homme était un officier de chez nous. Et il n'avait aucune raison de se suicider. Tenez-nous au courant de l'enquête.

À ISTANBUL

Ils sortirent, la main à leur chapeau et, avec un ensemble touchant, s'éloignèrent.

En bas, le corps avait été retiré. Par petits groupes, les gens continuaient à parler de l'accident. Les deux « gorilles » rejoignirent le consul assis dans un fauteuil dans le hall.

— Rien, fit Jones. Il fallait s'y attendre ; c'est bien joué. On va quand même essayer de savoir ce qu'il a fait avant. Il se dirigea vers le bureau du concierge.

— À quelle heure est rentré Mr Watson ?

L'autre ne savait pas. C'est le portier qui intervint :

— Vers 7 heures. Tout de suite avant... l'accident.

— Il était seul ?

— Oui.

— Vous savez qui l'a emmené à Izmir ?

— Oui, un garçon qui travaille pour les clients de l'hôtel depuis longtemps, Krisantem.

— Vous savez où on peut le trouver ?

— Il sera ici demain. Mais je peux vous donner son adresse : n° 7, rue

À INSTANBUL

Cuyol, dans le quartier du Levant. C'est en dehors de la ville, au-dessus du Bosphore.

L'Américain nota l'adresse et rejoignit ses deux compagnons.

— Je vous verrai demain, dit le consul. À onze heures dans mon bureau. Je vous présenterai le troisième homme que Washington nous a envoyé pour démêler cette affaire.

— En attendant, l'enveloppe a disparu, remarqua Jones. Et, vu le prix qu'ils ont payé, les Ivans y attachaient une sacrée importance, à cette enveloppe.

— Comme ça, on ne saura jamais quel était le gars repêché à Izmir. Sauf qu'il était russe.

— Et qu'il servait à bord d'un sous-marin, remarqua Brabeck.

— Il y a certainement autre chose. Pour que tout le monde s'agite comme ça.

— Et le *Memphis* ? Tu trouves que ça ne suffit pas ? 129 morts et 80 millions de dollars au fond de la Méditerranée.

— Si on allait faire un tour chez ce bonhomme, le chauffeur qui a emmené

Watson à Izmir ? Il paraît qu'il parle anglais.

— Bonne idée. Allons-y.

Les deux hommes sortirent du Hilton et hélèrent un taxi. Bien entendu, le chauffeur « oublia » de remonter le chapeau de son compteur, ce qui permettait de tripler le prix de la course...

Du hall, un homme en noir suivit le départ des deux hommes. S.A.S. Malko Linge avait observé tout le remue-ménage autour du corps de Watson. Il avait même vu beaucoup plus. Dès que le malheureux était passé devant sa fenêtre, il avait bondi dans le couloir, jusqu'à l'ascenseur et appuyé sur le bouton.

La cabine s'était arrêtée presque tout de suite. En dehors de la préposée en socquettes blanches, il y avait une vieille dame et deux types massifs et silencieux. Le regard de Malko les avait à peine effleurés mais il pourrait les reconnaître dans vingt ans.

Il fut tenté de les suivre, mais cela posait des problèmes. D'ailleurs, il n'en eut pas l'occasion. Les deux hommes traversèrent le hall tranquillement et se dirigèrent vers le bar du sous-sol.

Malko resta dans le hall, à réfléchir. Soudain, un chat passa entre ses jambes. Il le saisit et l'installa sur ses genoux. Le Hilton avait beau être un hôtel de luxe, il était hanté par des chats errants. Il faut dire que chaque cour d'Istanbul recèle une bonne douzaine de matous faméliques. La nuit, ils se baladaient dans les couloirs du Hilton à la recherche d'un coin de moquette tranquille.

Tout en caressant le chat, Malko réfléchissait. Lui qui avait horreur de la violence se trouvait encore plongé dans un milieu où l'on s'entre-tuait du matin au soir.

Il ne consentait que rarement à porter une arme à feu, bien qu'il les connût parfaitement. Mais il était capable d'apprendre n'importe quelle langue en deux mois et de la parler sans accent, ce qui était le cas pour le turc, appris vingt ans auparavant, et cette espèce d'enregistreur qu'il avait dans le cerveau l'aidait beaucoup plus qu'une mitraillette.

À ISTANBUL

Il avait déjà débrouillé un certain nombre d'affaires délicates pour la C.I.A., toujours dans des pays bizarres. Avec sa silhouette élégante et son visage de play-boy, il passait partout sans jamais éveiller la méfiance.

Ce n'est pas l'appât du gain qui le poussait à prendre des risques. Il vivait très simplement dans un petit cottage de Robin Hill Drive à Poughkeepsie, dans l'État de New York. Il n'avait qu'une chambre et un grand living. Le garage était sous la maison. Contrairement à ses voisins, il n'avait pas voulu dépenser 2 000 dollars pour posséder une piscine.

Mais, au moins une fois par semaine, le facteur lui apportait une épaisse lettre d'Autriche. L'entreprise Swhartzenberg lui envoyait le dernier relevé de ses travaux. Pratiquement, cet honorable entrepreneur ne vivait que par S.A.S. Malko Linge. Certains de ses ouvriers n'avaient jamais travaillé qu'au château.

Et cela coûtait très cher à Malko. Beaucoup plus que ne lui rapportaient les paquets d'actions qu'il avait sauvés de la fortune de son père. C'est pour cette raison qu'il travaillait comme « extra » à la C.I.A.

Cette fois pourtant il avait failli refuser. William Mitchell, le patron de la C.I.A. pour l'Orient avait sonné à sa porte, trois jours plus tôt, à quatre heures de l'après-midi.

Sans mot dire, Malko l'avait fait entrer et avait préparé du thé ! C'était un rite immuable. Mitchell venait *toujours* pour la même chose, mais on n'en parlait jamais tout de suite. L'Autrichien était un homme difficile à apprivoiser.

— Alors, où en sont les travaux ? avait demandé Mitchell.

L'œil de Malko avait brillé. Il s'était levé et avait rapporté un plan grand comme la table. C'était le plan du château. Certaines parties étaient hachurées de rouge : c'est ce qui était déjà réalisé. Il restait près de la moitié à finir.

— Cette année, je me suis attaqué à la bibliothèque, expliqua Linge. C'est très délicat, je suis obligé de redessiner moi-même toutes les moulures des boiseries d'après les dessins d'époque. Vous savez, le château a été brûlé une première fois en 1771, une seconde fois en 1812, et depuis pillé trois ou quatre fois... La dernière fois par un régiment de Mongols.

Il baissa la voix, horrifié :

— Ils ont fait du feu avec les boiseries ! Des sauvages. Et ils ont démoli à coups de mitraillette les dernières armoiries gravées dans la pierre, dans la salle d'armes. Heureusement, j'ai fait des recherches et j'ai pu les reconstituer. On me propose justement de Vienne une plaque de cheminée qui a dû appartenir à ma famille. Mais tout cela est très cher, affreusement cher.

— Il y a longtemps que vous avez hérité de cette demeure ? demanda Mitchell.

Malko toussota et croisa les mains sur ses genoux.

— À vrai dire, je n'en ai pas hérité. Je l'ai achetée en ruine avant la guerre. J'avais fait des recherches depuis longtemps pour retrouver le berceau de ma famille. Le dernier propriétaire du château est mort en 1917, pendant la guerre, sans enfants. Mais il avait un cousin au second degré qui s'appelait

À INSTANBUL

aussi Linge. Ce cousin est mort aussi, mais je suis son fils.

» D'ailleurs, j'ai tous les papiers. Nous ne sommes pas une famille très connue comme les Schoenbrun, mais la flamme des Linge a flotté pendant plus de trois cents ans sur la tour nord. Les villageois venaient se réfugier dans nos douves pendant les raids de pillards magyars. Et chaque soir, deux hérauts, montés sur le donjon, sonnaient le couvre-feu.

» Mais ça reviendra. Je veux finir mes jours chez moi. Ici c'est une cabane à lapins.

Mitchell le coupa d'un geste :

— Altesse, j'ai besoin de vous.

L'Autrichien secoua la tête.

— Pas en ce moment, j'ai trop de travail. Il faut que je redessine toutes les moulures de la bibliothèque. Et que je m'occupe de ces blasons cassés. Non, ce n'est vraiment pas possible.

— Vous avez déjà été en Turquie ?

— En Turquie ? Oui, à la fin de la guerre. Attendez, j'étais à Istanbul, au Park Hôtel, chambre 126. Vous parlez turc naturellement ? La littérature de ce pays a produit quelques très jolies choses. Tenez, vous connaissez cela ?

Et tout naturellement, il se mit à réciter un long poème en turc.

— C'est très joli, s'excusa-t-il gentiment. J'ai dû le lire, quand j'étais étudiant.

Mitchell le regardait bouche bée. Ce type se souvenait *vraiment* d'un truc lu vingt ans avant !

— Je peux vous faire gagner beaucoup d'argent, proposa-t-il. De quoi finir votre château.

— Non ? Alors, je marche tout de suite.

L'Américain battit en retraite.

— Hé là, ça irait chercher dans les combien ?

— 300 000 dollars, dit rêveusement Malko. Sans les meubles.

— Pour ce prix-là, il faudrait que vous me rameniez Khrouchtchev et Castro dans la même cage... Non, mais je peux vous faire gagner, disons 20 000 dollars.

— C'est une plaisanterie.

Au bout d'une heure, ils furent d'accord. 50 000 dollars, moitié d'avance.

À INSTANBUL

Mitchell sortit sur la terrasse. Au loin, on pouvait apercevoir le grand pont de Poughkeepsie, qui enjambait l'Hudson. New York n'était qu'à 80 miles de là. Toutefois on se serait cru en plein Middle West.

— Ça va être difficile, dit-il. C'est une fichue histoire. Les U.S.A. viennent d'y perdre déjà 80 millions de dollars et plusieurs dizaines de vies humaines.

— Ah bon, fit Malko, peu impressionné.

Mitchell se mit en devoir de lui expliquer ce qu'on attendait de lui. L'Autrichien hochait la tête. Il ne prenait jamais de notes.

— Vous partirez demain, avait conclu Mitchell. Tâchez de revenir, on aurait du mal à vous remplacer.

Malko avait l'intention de revenir. Il trouvait la vie très agréable. Au fond, ce Hilton était très confortable. Son regard erra dans le hall. Il y avait surtout des étrangers. Peu de jolies femmes.

Si, une. L'œil de l'Autrichien s'alluma. Il adorait faire la cour aux femmes. Et son côté européen lui donnait beaucoup de charme. La jeune femme qu'il avait remarquée était assise seule sur un canapé. Très brune, vêtue d'une robe de shantung gris, ses jambes croisées dévoilaient dix bons centimètres de cuisse.

Il l'avait déjà vue quelque part. Fermant les yeux, il se concentra. C'était ça : 1955 au Caire, à la boîte de nuit du Shepherd. Il réfléchit encore quelques secondes rassemblant tous ses souvenirs puis se leva et alla s'incliner devant elle :

— J'ai déjà eu le plaisir de vous rencontrer, mademoiselle. C'était au Caire, il y sept ans. Vous portiez alors une robe de mousseline blanche et vos cheveux étaient relevés en chignon. Mais, à propos, ajouta-t-il, après avoir jeté un coup d'œil sur ses mains, qu'avez-vous fait de l'opale que vous portiez à l'annulaire gauche ?

Médusée, la jeune femme le regardait.

— Je... je l'ai perdue, balbutia-t-elle. Mais comment pouvez-vous ?...

— Je ne vous ai jamais oubliée, s'inclina galamment Malko. Voulez-vous dîner avec moi ? Il y a quinze ans, il y avait sur le Bosphore un très bon restaurant, le *Roumeli*. Existe-t-il toujours ?

— Oui, oui, je pense.

— Alors, il faut retenir la table au fond, à gauche, près de la desserte. C'est la meilleure. Venez.

Subjuguée, Leila se leva et lui donna le bras. On lui avait fait beaucoup de baratin dans sa vie de danseuse « orientale », mais, comme ça, jamais.

CHAPITRE VII

Il y eut un « plouf » sourd et Krisantem se laissa tomber, les genoux tremblants. Il connaissait ce bruit. C'était la détonation d'une arme munie d'un silencieux. Une sueur glacée lui inonda le front. Le type qui avait tiré était un professionnel. Et il allait recommencer. De toute façon, si celui-là le ratait, un autre prendrait sa place.

Le Turc tira sa vieille pétoire et l'arma. Ça pouvait encore faire du mal. La nuit était noire et il ne distinguait pas son adversaire. En arrivant, il se méfiait obscurément de quelque chose. Aussi il avait laissé sa voiture à une rue de là. Mais sans penser que cela prendrait une forme aussi radicale…

Quelque chose bougea sur le trottoir d'en face. Krisantem appuya sur la

À INSTANBUL

détente de son parabellum. La détonation fut assourdissante. Instinctivement, il tira une autre fois. Puis, ébloui par une voiture qui passait en trombe, il se jeta à plat ventre.

Rien. Quelques volets s'ouvrirent et se refermèrent prudemment. Son agresseur avait dû partir, craignant que les coups de feu n'attirent la police.

Il attendit quelques instants et se releva, avec mille précautions. Juste pour entendre une voix susurrer derrière lui, avec un accent qu'il connaissait bien :

— Monsieur Krisantem, voulez-vous poser votre revolver par terre, sans faire de geste brusque ?

La voix venait de l'autre côté de la grille. L'homme était dans le jardin, caché par des massifs. Ils étaient donc deux. Cela rassura Krisantem. Celui-ci aurait pu l'abattre facilement, dans le dos. Tant qu'on cause, il y a de l'espoir.

Il laissa tomber le parabellum et attendit. Aussitôt, une silhouette traversa la rue : l'homme qui avait tiré le premier. Il tenait à la main un long pistolet noir au canon effilé.

— Tu m'as raté de peu, dit-il en turc.

Et avant que Krisantem ait répondu, il lui donna un coup violent sur la tempe. Le Turc crut que sa tête éclatait. Le canon du pistolet lui avait déchiré la peau et il sentit le sang couler le long de son visage.

— Allons, allons, ne sois pas brutal, Sari, fit la voix que Krisantem connaissait, celle de son « employeur » du matin.

— Le salaud, il aurait pu me foutre une balle dans le ventre, grommela l'autre.

— Il ne savait pas que tu ne voulais que lui faire peur... N'est-ce pas, mon cher ?

Krisantem ne répondit pas.

— À propos, reprit l'autre, pourquoi n'es-tu pas venu en voiture et pourquoi étais-tu armé ? Est-ce que tu n'aurais pas la conscience tranquille ?

— Si, si, bien sûr, dit le Turc d'une voix faible.

— Tu n'as rien fait qui puisse me déplaire, n'est-ce pas?

Cette fois, l'homme s'était approché. Il avait passé la grille et se trouvait en face de Krisantem.

— Non, fit encore le Turc.
— Tu as bien travaillé, hein ?
Ça sentait de plus en plus mauvais.
— Oui, souffla Krisantem.
Le coup de pied dans le ventre le fit se plier en deux.
— Saloperie, souffla son employeur. Tu as simplement foutu les Américains sur le coup !
— Mais, protesta Krisantem, je n'en savais rien, moi.
L'autre le gifla à toute volée.
— Fumier, si j'imaginais une seule seconde que tu aies voulu me doubler, je t'aurais déjà arraché les yeux. Non, tu as seulement essayé de te faire un peu de fric.
— Ben quoi, c'est pas un crime.
— Non, mais pour toi, si ça ne s'arrange pas, c'est un suicide.
Krisantem s'enhardit.
— Les documents ? Vous les avez récupérés ?
L'autre hésita avant de répondre :
— Oui. Heureusement pour toi. Mais ce n'est pas fini. On ne sait pas s'il n'en a pas parlé. Et on a été obligé de le liquider. À cause de ta connerie, fit-il

férocement. Et ça va faire des vagues. Tu sais qui c'était, ton touriste ?
— Non.
— Simplement un lieutenant de la marine américaine en mission secrète !
Il y avait de quoi attraper un infarctus. Krisantem s'appuya au mur.
— Et vous l'avez tué, murmura-t-il.
— Non. Il est tombé par la fenêtre de sa chambre... Seulement, tu peux être sûr que tout ce que les Ricains comptent de barbouzes dans le coin va rappliquer et passer l'histoire au peigne fin. C'est pour cela que je me demande s'il ne faudrait pas t'aider à fermer ta gueule. Définitivement.
— Non, non, souffla Krisantem. Je me tairai. Vous pouvez me faire confiance.
Il y eut une minute de silence. Un ange passa et s'éloigna, dégoûté. L'employeur saisit Krisantem par les revers de sa veste et lui siffla dans la figure, avec une haleine de fromage blanc à l'ail :
— Écoute-moi bien. Non seulement tu vas fermer ta gueule, mais tu vas nous aider. D'abord par tes copains de l'hôtel, tu vas te débrouiller pour savoir qui est

sur le coup pour les autres. Et il faudra que tu sois leur chauffeur. Et que tu nous tiennes au courant.

— C'est d'accord, c'est d'accord, acquiesça le Turc. Je vous le jure.

L'autre le lâcha.

— Pour commencer, demain tu vas retourner à l'hôtel, comme si tu ne savais rien.

— Et si j'ai besoin de vous joindre ?

— C'est moi qui te joindrai. Tu ne veux pas que je te donne mon adresse aussi ? Ma parole, tu es un vrai serpent. Allez, fous le camp !

Krisantem ne se le fit pas dire deux fois. À chaque seconde, il s'attendait à recevoir une balle dans le dos. Mais il arriva à sa porte sans encombre. Il n'avait pas jugé utile de réclamer le restant de son salaire.

Sa femme poussa un hurlement en le voyant : le sang avait coulé de sa blessure à la tempe et de gros caillots séchés s'étaient incrustés sur ses joues mal rasées. Il tâta sa tempe du bout du doigt. Ça faisait un mal de chien.

— Mon Dieu, gémit sa femme, qu'est-ce qu'on t'a fait ? J'ai toujours dit que tu finirais par te faire tuer. Tu ferais mieux de gagner ta vie honnêtement.

Ça, c'en était trop. Avant qu'elle en dise plus, la gifle était partie. Elle s'enfuit en pleurnichant dans sa cuisine. Pourtant, il n'était pas brutal, Krisantem, seulement susceptible.

Furieux, le Turc se retira dans sa salle de bains. Avec d'infinies précautions, il nettoya le sang séché. Il y avait une vilaine blessure. On voyait l'artère battre au fond. Il prit de l'alcool à 90° et en imbiba un coton.

Sale truc. Il poussa un grognement étouffé. Ça brûlait comme du feu.

On sonna.

D'émotion, Krisantem laissa tomber la fiole d'alcool, jura, se cogna la tête en voulant la rattraper, rejura. On ne sonnait jamais chez lui à cette heure-là.

Il entendit sa femme aller ouvrir. Elle vint ensuite et entrouvrit la porte...

— Il y a deux types qui veulent te voir.

Encore eux ! Il ne manquait plus que cela ! Il posa rapidement un sparadrap sur sa blessure et sortit de la salle de bains. Et demeura pétrifié sur le pas de la porte.

Parce que les deux inconnus, ce n'étaient pas les siens. Et ils avaient de sales gueules. Des têtes de flics. Deux Occidentaux habillés de façon semblable. Complets gris en dacron, cravate imprimée et chapeau. Les mêmes yeux. Bleus et froids.

Très à l'aise, ils étaient debout près de la porte. Celui de gauche dit en anglais :

— Monsieur Krisantem ?

Le Turc faillit faire semblant de ne pas comprendre l'anglais. Le regard de ses deux interlocuteurs l'en dissuada.

— Oui, c'est moi.

— *Nice to meet you*, continua l'affreux, avec un calme démoralisant. Je m'appelle Chris Jones. Et voilà mon ami, Milton Brabeck.

Krisantem s'inclina poliment et fit l'idiot :

— C'est un peu tard pour une promenade. À moins que vous ne vouliez faire Istanbul la nuit. Je connais les boîtes. Des filles, splendides, qui dansent et qui… enfin, vous comprenez.

À ISTANBUL

Milton, sans façon attrapa une chaise et s'assit dessus, à l'envers, en s'appuyant contre le dossier.

— On voudrait plutôt bavarder avec vous. Si ça ne vous ennuie pas.

— Bien sûr, bien sûr, répondit Krisantem sentant venir l'orage. Mais je ne vois pas en quoi je peux vous être utile...

— On a un ami commun.

— Qui ?

— Votre client d'aujourd'hui. Vous savez l'Américain que vous avez emmené à Izmir.

Le Turc sentit une boule désagréable lui serrer l'épigastre ! Les Américains n'avaient pas perdu de temps. Il eut un frisson désagréable en pensant que les autres avaient peut-être vu ceux-ci entrer. Ça risquait de leur donner de mauvaises idées... Il prit l'air le plus innocent pour dire :

— Ah oui. L'Américain. Il était très pressé. Je crois qu'il ne reste pas longtemps à Istanbul. Je vais le chercher demain matin à 9 heures.

— C'est pas la peine, coupa Chris.

Seconde de silence. Puis Krisantem parvint à dire :

— Il n'a pas été content de moi ?

— Si si, fit Chris. C'est pour ça qu'on est là.

Le Turc tenta un vague sourire. Pas convaincant.

— Il vous a donné mon adresse. Vous voulez aller à Izmir aussi ?

Chris secoua la tête.

— Il n'a pas eu le temps de nous donner ton adresse.

Silence.

— Il a eu un accident, enchaîna Milton, sinistre. Il est tombé par la fenêtre de sa chambre.

Krisantem cilla.

— Il... est blessé ?

— Mort.

— Mais alors, comment ?....

— Je t'ai dit qu'on était ses amis.

— Je... je ne comprends pas.

Milton se leva et s'approcha de Krisantem. Son visage était impassible. Mais, en avançant, il mit les deux pouces dans sa ceinture et Krisantem dans l'échancrure de la veste, aperçut nettement la courroie du holster. L'autre le fixait de ses yeux bleus et froids.

— Tu vas comprendre.

La voix de Milton était froide et indifférente. Mais Krisantem se sentit glacé. L'autre Américain était plongé dans la contemplation de ses chaussures.

— Ce gars, c'était notre copain, continua Chris. On te l'a dit. Et on a des raisons de penser qu'il n'a pas sauté tout seul par la fenêtre…

Pétrifié, le Krisantem. Il ouvrit la bouche, mais rien ne sortit. Les deux types le paralysaient. Du coup, il préférait encore les autres.

— Vous ne pensez pas…, parvint-il à dire.

— Oh non ! fit Milton, rassurant.

— Ah, dit Krisantem, soulagé.

— Mais tu pourrais savoir qui l'a poussé.

Sale truc.

— Poussé ? Mais c'est un accident, sûrement.

— Un accident ? T'as déjà vu un type tomber d'une fenêtre qui a un rebord de 1,50 mètre.

Re-silence.

— À propos. Tu as un beau bleu ! Tu as eu un accident ?

Il en tremblait, le Turc.

— Non, pas exactement. Je... je...

Son esprit cherchait désespérément une explication. Qu'est-ce que les autres allaient s'imaginer. Et il ne pouvait quand même pas leur dire la vérité.

— À Izmir, ce matin, nous avons heurté une voiture, balbutia-t-il. Avec votre ami. Et ma tête a tapé sur le pare-brise.

Milton s'approcha de lui et examina son visage.

— Dis donc, ta bagnole, elle doit être en miettes ?

— Non, non c'est une voiture américaine. Une Buick. C'est solide, vous savez. C'est moi qui n'ait pas eu de chance.

— Non, ça, t'as pas eu de chance, dit Milton, caverneux.

Krisantem avala sa salive.

— Pourquoi... pourquoi ça ?

— Eh bien, tu perds un bon client, non ?

— Oui, oui, bien sûr.

— Dis donc, à propos. Qu'est-ce que vous avez été faire à Izmir ?
Là, le Turc s'anima.
— Je ne sais pas. Votre ami devait avoir quelqu'un à voir. Il a voulu que nous fassions l'aller et le retour dans la journée.
— Là-bas, qu'est-ce que vous avez fait ?
Est-ce qu'il fallait parler des papiers volés ? C'était peut-être un piège... Mais si ceux-là savaient... Il y avait peut-être un moyen de s'en tirer.
— Mais, messieurs, dit-il, en prenant le ton le plus digne. D'abord, qui êtes-vous et pourquoi me posez-vous toutes ces questions ? Si la police m'interroge, je répondrai. Mais je suis chez moi ici... de quel droit...
Milton secoua la tête, profondément triste.
— C'est vrai, oui. On n'a pas le droit d'être ici. Mais si on était toi, on écraserait. Parce que notre copain, on a de bonnes raisons de penser qu'il a été buté. Et que tu sais qui a fait le coup.
Là, il bluffait. Mais l'effet fut extraordinaire. Krisantem se décomposa, littéralement.

À INSTANBUL

Il s'assit en tremblant sur une chaise.

— C'est de la folie, murmura-t-il. Je suis un honorable travailleur. Demandez au Hilton.

— Ta gueule, coupa Milton, fatigué.

La réaction du Turc ne lui avait pas échappé. Il s'approcha et lui colla un doigt contre la poitrine.

— Tu veux sauver ta peau ?

Krisantem suffoqua d'indignation.

— Ma peau ? Mais enfin, vous êtes fou. Je vais appeler la police.

— Pas la peine. Laisse tomber. En plus, on en est. Et demain, si tu veux, on vient avec les poulets de ton bled. Et ils se feront un plaisir de te confier à nous...

— Mais enfin, gémit Krisantem, qu'est-ce qui vous fait croire que je suis pour quelque chose dans cet... accident ?

— Rien, dit Milton. Sauf que tu as une sale tronche et que tu es le dernier à l'avoir vu vivant. À propos, il était pas triste ?

— Non, non, il n'était pas triste.

— Tu crois pas qu'il s'est suicidé ?

Encore un truc emmerdant.

— Non, lâcha Krisantem.

— Et là-bas, à Izmir, tu n'as rien vu qui puisse nous donner une idée ?

Il insistait trop ce gars. Krisantem se jeta à l'eau. Il raconta l'histoire du commissariat. Comment son client lui avait demandé d'occuper le chauffeur et le truc des documents. Les deux Américains l'écoutaient, impassibles. Quand il eut fini, Milton attaqua :

— Tu l'as vue cette enveloppe ?
— Non.

Là, il disait la vérité.

— Et après ?
— Après ? Rien. Je l'ai ramené à Istanbul. Je vous le jure. Et je l'ai laissé à l'hôtel.

— Tu n'as pas remarqué si on te suivait ?

— Non.

Il y eut un blanc. La femme de Krisantem passa la tête par la porte de la cuisine et dit en turc :

Le dîner est prêt. Quand est-ce qu'ils s'en vont ?

Le Turc sauta sur l'occasion.

— Ma femme s'impatiente... Est-ce que...

À INSTANBUL

— Non, non, fit Milton en se levant. On a été très contents de causer avec vous. On vous laisse. Et il ajouta négligemment :

— D'ailleurs, on se reverra. Allez. *So long*.

— *So long*, dit Chris en écho.

Les deux hommes soulevèrent poliment leur feutre et ouvrirent la porte. Avant de sortir, Milton fit un grand sourire à Krisantem. Un sourire pas rassurant.

CHAPITRE VIII

Le bureau du consul des États-Unis à Istanbul était une grande pièce au sixième étage d'un building moderne de la Caddesi. Le consul lui-même avait tenu à ce que la pièce soit climatisée. L'été, à Istanbul, était brûlant, et il y avait de longs après-midi passés à palabrer avec les officiers turcs, toujours en train de mijoter un coup d'État.

Cette fois, la réunion avait un objet très grave.

— Messieurs, dit le consul, nous sommes en présence d'une des affaires les plus sérieuses depuis la guerre. Le State Department est sur les dents et le Président lui-même a demandé que l'affaire soit tirée au clair au plus vite. C'est une question vitale pour les U.S.A.

Il s'interrompit pour jeter un coup d'œil sur ses auditeurs. Les deux gars de la C.I.A. assis sur des chaises, leur chapeau sur les genoux, écoutaient, les yeux au plancher. Enfoncé dans un fauteuil de cuir, S.A.S. Malko Linge avait les yeux fermés. Il avait beaucoup de mal à se remettre de la soirée avec la danseuse. Et ce que disait le consul ne l'intéressait pas outre mesure.

Un colonel turc était debout, dans un coin. Deux dents proéminentes lui donnaient un sourire perpétuellement idiot, mais c'était un des as du contre-espionnage. Il s'appelait Kemal Liandhi et parlait anglais couramment.

L'amiral Cooper non plus n'avait pas voulu s'asseoir. Le visage creusé de fatigue, il allait et venait dans le bureau sous le regard un peu agacé du diplomate. Nerveusement, il demanda :

— Bon. Où en sommes-nous ?

Le consul sourit tristement.

— Ce n'est pas brillant, amiral. Officiellement, voilà ce qui résume l'histoire : deux communiqués qui sont probablement aussi faux l'un que l'autre.

Comme vous ne lisez pas le turc, je vais vous les traduire.

Et il leur montra deux articles découpés dans l'*Hurrayet* le grand quotidien d'Istanbul. Le premier occupait toute la première page.

Un sous-marin américain, porté disparu au cours des manœuvres de la VIe flotte, le Memphis, submersible atomique ultramoderne, a été victime d'un accident de plongée qui lui a fait dépasser sa profondeur expérimentale. Pas d'espoir qu'il y ait des survivants.

— Je vous passe les détails, dit le consul. Voilà autre chose qui nous intéresse ; il lut :

Le fourgon mortuaire transportant le corps d'un inconnu repêché à Izmir a été victime d'un accident entre Izmir et Istanbul. Pour une raison inconnue, le chauffeur a perdu le contrôle de son véhicule qui s'est écrasé au fond d'un ravin et a brûlé.

— Voilà, dit le consul. Nos deux points de départ. C'est maigre.

— Vous y croyez, vous, à l'accident ? aboya l'amiral.

À INSTANBUL

Le colonel Liandhi se retint de hausser les épaules.

— Évidemment non. Mais il ne reste aucune trace permettant de conclure à un meurtre. On ne peut pas faire une autopsie sur des cendres...

— Et l'autre ? Le repêché ?

— Brûlé aussi. Jusqu'à l'os. On a mis les deux cadavres dans une boîte à biscuits. Ça suffisait.

— Combien y avait-il d'essence dans le réservoir de la voiture ? demanda Chris Jones.

— 60 litres, 80 litres maximum. C'était une camionnette Ford, répondit le Turc.

L'autre secoua la tête.

— Pas assez pour brûler les corps comme ça. On a dû les arroser avant. Ils devaient être plusieurs.

— Et Watson ? interrogea l'amiral Cooper.

— Rien non plus. Personne à l'hôtel n'a rien vu ni entendu. Il est rentré à 6 heures et demie. Cinq minutes plus tard, il était mort. Et, bien entendu, les papiers ont disparu.

— Vous êtes sûrs qu'il les avait ?

— C'est ce qu'il avait dit à notre consul d'Izmir. Il lui a téléphoné après avoir réussi à les voler au chauffeur du corbillard. Il tenait à les ramener lui-même à Istanbul. Il se méfiait et il était armé. Et pourtant...
— On a dû le suivre.
— Et son chauffeur ? Le type qui l'a conduit à Izmir ? Qu'est-ce qu'il est devenu ?
— Nous avons été le voir, interrompit Chris. Il y a quelque chose de bizarre avec lui. D'abord, il avait un coup sur la tempe comme s'il avait pris un gnon. Et puis il avait l'air terrorisé. Ce gars-là n'a pas la conscience tranquille. Il est certainement mouillé d'une façon ou d'une autre. Il faudrait le surveiller.
— Si vous permettez, dit une voix douce, je vais l'engager comme chauffeur pour mon usage personnel.
Malko se réveillait. Il y eut un petit silence, puis le consul reprit :
— Maintenant, messieurs, je ne vous cache pas que nous n'avons jusqu'ici aucune preuve que les Russes soient mêlés à cette histoire ; et encore moins que cela ait quelque chose à voir avec

À INSTANBUL

la Turquie. Nos alliés sont sûrs, fit-il avec un coup d'œil en direction du colonel, et cette histoire de sous-marin passant sous le Bosphore me paraît de la plus haute fantaisie.

— Il allait bien quelque part, grogna Cooper.

— Peut-être tentait-il de vous égarer, suggéra le diplomate.

— Alors pourquoi le meurtre de Watson et l'incendie de la camionnette ?

— Coïncidences…

— Ça fait beaucoup de coïncidences. Je comprends que cela vous soit désagréable de soupçonner un pays allié et ami, mais nous devons tirer cette histoire au clair. M. Linge, ici présent, est venu spécialement des U.S.A. pour cela. Il parle le turc et a carte blanche.

Malko inclina la tête et parla, avec déférence. Cooper était un des plus brillants officiers de l'U.S. Navy.

— Amiral, je crois savoir que tous vos sous-marins ont des dispositifs de repérage au son qui décèlent un submersible ennemi à près de 300 kilomètres.

— Comment savez-vous cela ? suffoqua Cooper. C'est ultrasecret : il était en panne.

Malko sourit, très humble.

— Je m'en suis occupé il y a cinq ans lorsqu'on le mettait au point. Les Russes s'y intéressaient beaucoup. Et ça marchait très bien. Tenez...

Sortant un crayon, il commença à griffonner sur le sous-main du consul, dessinant les cadrans, les chiffres, expliquant le fonctionnement du mécanisme, ses faiblesses.

— Et ce sont les conducteurs commandant l'amplification du signal de retour qui ont dû lâcher. C'était le point faible.

— C'est vrai, souffla l'amiral. Nous allions les remplacer par un autre système. Mais vous êtes spécialiste ?

— Oh non, dit Malko modestement. Mais j'avais assisté une ou deux fois à des démonstrations.

— Il y a cinq ans?

— Oui, environ. Mais dites-moi, quelles sont les défenses commandant le Bosphore et interdisant le passage des sous-marins ?

À INSTANBUL

Il s'était tourné vers le colonel turc. Celui-ci récita docilement :

— Il y a trois sortes de défenses. D'abord, le filet. Mobile sur dix mètres de hauteur, pour laisser passer les bâtiments de surface. Il est ouvert en permanence.

— Aucun sous-marin ne pourrait se glisser ? coupa Malko.

— Impossible. On le verrait. Et jusqu'au fond, le filet est fixe, arrimé au fond et aux rives. Des hommes-grenouilles l'inspectent régulièrement.

» Ensuite, il y a un véritable champ de mines sous-marines au-delà du filet : à déclenchement par contact, par magnétisme ou télécommandées. De quoi faire sauter une flotte entière. Les mines aussi sont vérifiées régulièrement.

» Enfin, il y a un poste d'écoute de sonar, qui fonctionne vingt-quatre heures sur vingt-quatre. Tous les hommes qui y travaillent ont été triés sur le volet. Un officier de la Sécurité est spécialement chargé de les surveiller. Voilà...

— Vous voyez bien, coupa triomphalement le consul que c'est impossible.

— Je vais quand même vérifier un certain nombre de choses, dit Malko. C'était aussi impossible que les Russes aient la bombe atomique avant dix ans... Et pourtant, ils l'ont eue.

Silence gêné. L'Autrichien reprit, tourné vers les deux de la C.I.A. :

— Vous parlez turc ?

— Non, firent-ils avec un ensemble touchant.

— Alors je pense que le mieux serait de vous contenter de me surveiller... de loin. Je pense ne rien risquer pour le moment.

— Pourquoi ?

— Parce que je ne sais rien. Ils ne prendront pas de risques pour se débarrasser seulement de ma modeste personne.

— Bon, ricana Chris, on va se contenter de coincer un peu le chauffeur pour voir ce qu'il a dans le ventre.

Malko leva les yeux au ciel. Il aurait donné cher pour avoir deux vrais agents de la C.I.A., capables de se servir de leur cerveau, au lieu de ces deux gorilles assoiffés de carnage.

— Surtout pas. Il ne faut pas l'effrayer. Si ceux qui l'emploient ont l'impression qu'il est grillé, ils le supprimeront. Et, jusqu'ici, il est le seul à savoir peut-être quelque chose.

— Alors, qu'est-ce qu'on va faire ?

Malko sourit :

— Rien. Si : graisser vos gros pistolets ; ils serviront peut-être un jour.

» Bon, je vais vous laisser, messieurs, j'ai à faire. Vous pouvez me joindre au Hilton, chambre 707, si vous avez du neuf, dit-il au colonel turc. De mon côté, j'aurai peut-être besoin de vous.

— À votre disposition.

Malko salua et sortit, refermant doucement la porte derrière lui. Et fila à toute vitesse : Leila devait l'attendre depuis vingt minutes. Et rien n'est plus dangereux que de laisser traîner une beauté comme elle dans le hall d'un hôtel.

Quand il arriva dans le hall, elle se tordait le cou pour surveiller l'entrée. En le voyant, elle reprit une attitude digne et boudeuse.

— J'aurais dû être partie, minauda-t-elle.

— Ç'aurait été la plus grosse bêtise de ta vie, dit sentencieusement Malko. Tu ne retrouveras jamais un homme comme moi.

Elle était soufflée par la désinvolture et l'élégance de son nouvel amant. Il lui avait fait l'amour avec une espèce d'application méthodique, s'inquiétant de ses moindres désirs et de ses plus minimes réactions, après lui avoir romantiquement parlé du Danube et du Nil. Son pouvoir de persuasion était tel qu'il était parvenu à lui faire croire qu'il pensait à elle depuis cinq ans.

Il lui avait dit qu'il était ingénieur et que sa compagnie l'avait envoyé reconnaître si on pouvait construire des usines de montage d'automobiles.

— Il faut que je te quitte, dit-il. Tout de suite après le déjeuner. Je vais à Izmir. Je te retrouverai en haut après ton numéro.

— Emmène-moi.

— Tu t'ennuierais. Mais je te rapporterai quelque chose.

— Tu n'es pas gentil.

Leila boudait. Malko lui prit la main et la baisa :

— Viens, nous allons déjeuner dans ma chambre, nous serons plus tranquilles.

— Tu ne penses qu'à ça, fit Leila offensée.

Malko ouvrit ses grands yeux dorés, plein d'innocence.

— À quoi ?

Elle eut un rire de gorge et ne répondit pas. Malko se leva et elle le suivit. Au passage, il s'arrêta à la réception.

— Je voudrais que vous m'envoyiez le chauffeur qui a emmené l'Américain à Izmir. Vous savez, celui qui a eu l'accident.

— Je vais voir s'il est là, dit l'employé de réception.

Trois minutes plus tard, Krisantem était là, obséquieux et inquiet. Sa tête lui faisait affreusement mal.

— Voulez-vous m'emmener à Izmir ? demanda tranquillement Malko.

L'autre le regarda comme s'il lui proposait une balade en enfer.

À Izmir ?

— Oui, à Izmir. C'est trop loin ?

— Non, non.

À ISTANBUL

— Bon, alors, nous partirons après le déjeuner. Je vous donne 1 000 livres. C'est d'accord ?

— D'accord. Je vous attends dehors.

Krisantem s'en alla, groggy. Toute la conversation s'était déroulée en turc. Et pourtant l'étranger avait un passeport américain. Le gars de la réception le lui avait dit. Il lui avait appris autre chose aussi. Que Watson, feu son client, avait laissé un message dans la case de l'autre, juste avant de partir pour Izmir. Et maintenant, celui-là aussi voulait aller à Izmir...

Son nouveau client arriva une heure et demie plus tard, l'air très guilleret. Leila avait fait la paix. Et la Buick reprit la route d'Izmir.

Malko sommeillait sur les coussins. Krisantem réfléchissait. Il allait avoir du mal à se tirer de ce guêpier. Soudain la voix de son passager le fit sursauter :

— Vous savez où a eu lieu l'accident, le corbillard qui a brûlé ?

— Oui, oui, fit machinalement le Turc. C'est un peu plus loin, dans les collines.

— Vous me montrerez.

Le silence retomba. Puis la Buick aborda le virage en épingle à cheveux.
— C'est là, fit Krisantem.
— Arrêtez-moi.
Docilement, le Turc stoppa la Buick sur le bas-côté. Malko descendit et s'approcha du bord. Au fond, on voyait encore la carcasse du corbillard. Il la regarda un instant et se mit à marcher sur la route, vers Izmir. Très vite, il rencontra une grande tache noire qui barrait la route. Il la regarda pensivement puis revint vers la Buick.
Ils repartirent sans dire un mot. Krisantem se posait des tas de questions. Ce n'est qu'une heure plus tard que Malko demanda :
— À propos, comment connaissiez-vous l'endroit de l'accident ?
Le Turc faillit emboutir un camion qui arrivait de face.
— Les journaux n'ont pas donné de précisions, continua impitoyablement Malko.
— On m'en a parlé, balbutia Krisantem. Des amis qui avaient fait la route.
Il se maudissait de s'être laissé surprendre. Et il commençait à haïr ce

déconcertant bonhomme. Le reste de la route se passa en silence. Ils arrivèrent à la fin de la journée à Izmir. L'Autrichien se fit conduire tout de suite chez le consul. Celui-ci dînait seul. Malko se présenta et le diplomate se détendit tout de suite. On l'avait prévenu.

— Racontez-moi tout ce que vous savez, demanda Malko.

L'autre ne se fit pas prier. Il raconta toute l'histoire de la découverte du corps et de l'arrivée de Watson.

— Quand il m'a téléphoné, il avait les papiers, précisa le consul. Il m'a dit qu'il les ramenait à Istanbul. Pour le reste, je ne sais plus rien.

— Vous les avez vus, ces papiers ? demanda Malko.

— Oui, mais j'ai dit tout ce que je savais. Je lis très mal le russe. J'ai seulement pu voir le nom de la victime.

— Et ces papiers sont certainement réduits en fumée, soupira Malko. C'est dommage. C'était une indication précieuse.

Le consul se mordit les lèvres.

— J'ai peut-être quelque chose.

L'Autrichien le regarda de ses grands yeux innocents et dorés.

— Quelque chose ?

Troublé par ce regard candide, John Oltro balbutia :

— Eh bien, voilà. Quand j'ai été au commissariat, mon ami le commissaire m'a laissé voir les papiers. Et j'ai pu en subtiliser un. Je l'ai gardé. Mais je ne pense pas que ce soit intéressant.

— Vous l'avez ?

— Oui, le voilà.

Le consul tira de la poche de sa veste un petit papier jaune qu'il tendit à Malko. Celui-ci le regarda attentivement sur les deux faces, le mit dans sa poche et dit doucement :

— Vous savez ce que c'est ?

— Non. Je ne lis pas le russe. C'est peut-être un billet de consigne ou quelque chose comme cela.

Malko soupira :

— Est-ce que votre confrère soviétique connaît votre ignorance de sa langue ?

— Oui, je pense. Nous parlons toujours anglais.

— C'est votre meilleure assurance sur la vie.

— Mais enfin, qu'est-ce que c'est ? s'inquiéta le consul. Dites-moi...

— Ce serait vous condamner à mort. Grâce à ce petit morceau de papier, la mort du lieutenant Watson n'est peut-être pas complètement inutile. Ne parlez de cela à personne.

Cinq minutes plus tard, Malko roulait de nouveau vers Istanbul. Krisantem, furieux, avait dû se passer de dîner. S.A.S. Malko Linge songeur, comprenait pourquoi on tenait tellement à faire disparaître le cadavre de cet inconnu. Le petit papier jaune que lui avait remis le consul était un ticket de cinéma de Sébastopol, le grand port russe de la mer Noire. Et il datait de cinq jours.

CHAPITRE IX

La petite barque avançait lentement le long du filet. À grands coups d'avirons, Malko venait de contourner péniblement une grosse balise rouge et rouillée qui retenait le filet mouillé en travers du Bosphore. Son esquif avait été secoué par les remous d'un gros vapeur transportant des touristes. Il allait effectuer un demi-tour en mer Noire, pour l'émotion des passagers.

Appuyés au bastingage, les touristes écarquillaient les yeux vers les brumes de la mer Noire, espérant découvrir la silhouette menaçante d'un navire de guerre soviétique. Mais il n'y avait là que d'innocents chalutiers.

Les deux bords du Bosphore descendaient en pente abrupte jusqu'à la mer. À cet endroit, il était large d'environ deux cents mètres. Un fort courant filait vers Istanbul. Sur la rive asiatique, on distinguait les débris d'une haute tour datant du XIe siècle, et d'où l'on observait à l'époque les envahisseurs venant du centre de la Turquie.

Malko cessa un moment de ramer. La petite barque dériva jusqu'au filet et se coinça contre un gros filin d'acier, affleurant l'eau. Il regarda l'endroit où il avait laissé la voiture. La falaise, vue d'en bas, paraissait énorme. Il voyait à peine la Buick arrêtée sur la route suivant la corniche qui conduisait aux premières plages de la mer Noire.

Il était descendu par un étroit sentier de chèvres à proximité d'une petite auberge où l'on débitait du thé et des yaourts. Les gens les avaient regardés avec curiosité. Il tenait Leila par la main. Il lui avait proposé une promenade sur le Bosphore, en amoureux. Excellente couverture pour voir un peu les lieux. Mais avec son complet strict et sa cravate, il n'avait pas l'air d'un sportif. Quant à Leila, sa robe très habillée étonnait davantage encore.

À INSTANBUL

La barque était amarrée à une grosse branche. Elle devait servir à un pêcheur du dimanche. La mer Noire est très poissonneuse.

Maintenant, immobilisé au milieu du Bosphore, Malko réfléchissait. Le bruit doux de l'eau le berçait. Il regardait avec curiosité un gros cargo se faufiler à travers le barrage et mettre le cap sur Sébastopol. Leila, assise en face de lui, rêvait.

Quelle drôle d'histoire ! Ce sous-marin inconnu qui venait se jeter dans la gueule du loup... Ici, tout paraissait si calme. Sur la rive asiatique, il aperçut une petite construction blanche, au ras de l'eau. Deux camions étaient arrêtés devant et un drapeau turc flottait au-dessus d'un mât. C'était certainement le poste d'observation par le son établi par les Turcs.

Vers Istanbul, le Bosphore s'élargissait en une sorte de lac où étaient mouillés trois vieux cargos grecs, sales et rouillés.

Il paraissait difficile pour un sous-marin soviétique de passer. Malko sourit en pensant qu'en ce moment même il y en avait peut-être un en train de se glisser entre les mailles du filet...

Mais cela supposait de telles complicités que cela sortait du domaine du possible. Il n'y aurait pas eu de ticket de cinéma, toute cette histoire eût paru un rêve. Mais ce petit morceau de papier jaune existait. Et c'était plus qu'une coïncidence. Il était daté du 22 juillet 1969. Le corps avait été repêché le 25 au matin et le sous-marin inconnu détruit le 24.

Or, à moins de passer le Bosphore, il était matériellement impossible que cet homme ait pu aller au cinéma à Sébastopol le 22 et se trouver deux jours plus tard en Méditerranée. Même en admettant que l'officier ait rejoint Mourmansk et Vladivostok par avion, il y avait au moins une semaine de mer.

Il sourit en revoyant le visage décomposé du consul.

— C'est affreux, avait gémi le diplomate. Si les Russes ont trouvé le moyen de faire passer le Bosphore à leurs sous-marins, toute notre stratégie est à reconsidérer. Et cela implique de telles complicités chez les Turcs. Je vais convoquer immédiatement le chef de la Sécurité turque...

— Surtout, n'en faites rien, ordonna Malko. Il y a déjà assez de monde au courant. Et il est à peu près certain que des Turcs sont dans le coup. Peut-être même votre colonel...

— Oh !

— Pourquoi pas ? Il y a tellement de raisons de trahir... Admettez qu'il veuille se venger du gouvernement actuel, ou qu'on lui ait refusé de l'avancement, je ne sais pas moi. Non, croyez-moi. Moins les Turcs sauront où nous en sommes, mieux cela vaudra. Et comme ça, je vais me rendre compte si je suis sur une bonne piste.

— Comment ?

— Tant qu'il ne m'arrive rien, c'est que je suis sur la mauvaise piste. Mais si on s'occupe de moi, cela voudra dire que je brûle...

— Faites attention.

Malko ferma à moitié ses yeux d'or. Il faisait très attention. Ses adversaires ignoraient, heureusement, son étonnante découverte.

Il avait laissé le consul inquiet, mais décidé à se taire. Et maintenant, au milieu du Bosphore, il cherchait la solution du problème.

Il regarda autour de lui. Le barrage, les bâtiments militaires, les cargos grecs, les flancs abrupts des berges. Soudain, quelque chose accrocha son regard : la carcasse d'un navire échoué, presque cachée par une avancée de terre, à moins de cinq cents mètres du filet, près de la rive asiatique.

Il prit ses avirons.

— Nous rentrons ? demanda Leila. J'ai froid.

— Attends, pas encore, je voudrais voir quelque chose.

Elle allait protester quand il la regarda. Sous le regard doré, elle se sentit fondre. Et elle crut comprendre.

— Tu es insatiable, murmura-t-elle. Tout le monde va nous voir. Je ne veux pas.

Au fond, elle était ravie. Pendant que Malko poussait sur ses avirons, elle vint s'asseoir au fond de la barque et incrusta ses ongles dans ses cuisses. Du coin de l'œil, elle guettait ses réactions. Il la regarda et attarda ses yeux sur les jambes dévoilées par la jupe trop courte.

De la route, Krisantem suivait la barque des yeux. Drôle d'idée de venir se promener en barque sur le Bosphore alors qu'il y avait des bateaux beaucoup plus confortables, avec des cabines. Il n'était pas sensible à la poésie. Et cet homme aux yeux de chat n'était pas rassurant, malgré son calme et sa douceur. Si le concierge ne lui avait pas juré que le soir où l'Américain était tombé par la fenêtre, il avait rendez-vous avec celui-là...

Appuyé contre la portière de la Buick, il alluma une cigarette. Il avait la gorge délicate. Il regarda autour de lui. Aucune autre voiture en vue. Pourtant, il était sûr d'avoir été suivi au départ de l'hôtel. Une vieille Taunus avec deux hommes à l'intérieur.

Malko était presque arrivé au bateau. Il pouvait distinguer la tôle rouillée et le pont couvert de débris. Cela avait été un pétrolier et on voyait encore la dunette arrière. Mais il était abandonné. Il avait dû s'échouer ou brûler.

Rien d'anormal. Les yeux de l'Autrichien analysaient chaque détail du paysage : Leila s'impatientait maintenant.

— Viens, souffla-t-elle.

L'Autrichien émit un grondement indistinct. Il venait enfin de remarquer quelque chose.

Derrière le pétrolier, la berge n'avait pas la même couleur à cet endroit, la terre beaucoup plus claire sur une grande surface, était semblable à du terreau frais. On avait dû tenter de renflouer le bateau et draguer le fond du Bosphore.

Reprenant les avirons, il s'approcha de la grosse coque rouillée, jusqu'à toucher l'étrave. La haute armature métallique s'élevait devant lui comme un mur. D'énormes rivets fixaient les tôles, formant une ligne ininterrompue de protubérances.

L'épave était impressionnante par sa masse et son silence. La rouille la recouvrait uniformément. Il y avait beaucoup de chances pour que ce pétrolier-là ne reprenne jamais la mer.

À INSTANBUL

Malko laissa glisser la barque jusqu'à l'arrière et se tordit le cou pour essayer de lire le nom du bateau. Mais la rouille avait tout effacé. Il tenta d'en savoir plus par sa compagne.

— Tu sais ce que c'est ?
— C'est un bateau. Tu vois bien, non ? Il doit être vieux, on l'a jeté.

Logique éclatante. Malko sourit. Dans le monde de Leila, on jetait les vieux bateaux comme les vieux bas. Il sentit son agacement.

— Nous allons de l'autre côté de la coque, dit-il doucement.

Il reprit les avirons et parcourut cent mètres pour aboutir à une petite crique à l'abri des regards. Il aurait fallu être sur l'épave du pétrolier pour les apercevoir.

Malko ôta sa veste et la plia soigneusement. Le regard embué, Leila se mordit les lèvres et se pencha un peu plus sur lui. L'attente l'avait énervée.

— Viens.

Doucement, Malko se laissa glisser au fond de la barque, contre Leila. Et pour un moment, il oublia les Russes et leurs sous-marins. Tellement qu'il ne vit pas les deux hommes qui rampaient au-dessus d'eux, sur la berge abrupte. Le premier avançait un énorme colt dont le chien était levé à la main.

Le second un peu en arrière était également armé. Mais il surveillait la rive. Le premier arriva enfin au bord. La barque était en contrebas. Avec précaution, il se pencha, l'arme au poing. Juste au-dessous de lui il y avait les silhouettes enlacées de Malko et de Leila.

L'homme jura à voix basse.

Toujours à quatre pattes, il se retourna vers son compagnon, et souffla, sobrement :

— Ils baisent.

— Oh ! le pédé, fit l'autre, sans logique.

Chris Jones et Milton Brabeck se regardèrent, dégoûtés. Voilà où mène la conscience professionnelle. Ils avaient fait du zèle en suivant Malko à son insu. Ils s'attendaient à le voir étranglé ou attiré dans un guet-apens par cette danseuse qui ne pouvait être qu'une Mata-Hari locale.

Décidément, les dollars de la C.I.A. étaient employés d'une façon bien curieuse. Quand ça servait au moins à fomenter des révolutions. Mais financer des dons juans !

Les deux Américains s'éloignèrent sur la pointe des pieds. Milton grillait de tirer un chargeur en l'air, comme ça, pour voir si la barque chavirerait mais son sens de la discipline l'emporta. Il rengaina la pétoire et alluma une cigarette.

Sur l'autre rive, en Europe, deux hommes assis dans une Taunus stationnée face au Bosphore à près d'un kilomètre de la Buick de Krisantem, s'intéressaient également à la vie amoureuse de Malko Linge.

L'un d'eux abaissa les jumelles avec lesquelles il observait la barque, et dit en russe à son compagnon :

— Les Américains sont vraiment répugnants. Ce n'est pas étonnant qu'ils perdent partout.

Dans la barque, Malko reprenait ses esprits et affrontait la bonne conscience de Leila. Sa cervelle tournait comme une toupie. La Turque gémissait.

— Je ne suis pas idiote. Je sais très bien ce que tu penses ?

— Et qu'est-ce que je pense ?

— Que je suis une traînée. Qu'une femme qui accepte de se faire prendre comme ça, devant tout le monde, est la dernière des dernières.
— Tu es folle.
— Non, non. Tu me prends pour une putain. Avoue-le.

Malko fut obligé de la prendre dans ses bras et de lui assurer que jamais une pareille idée ne l'avait effleuré.

La traversée du Bosphore fut pénible. Le courant les emportait irrésistiblement vers Istanbul.

En les voyant arriver, Krisantem sentit encore grandir l'estime qu'il éprouvait pour son client : la belle danseuse poussait vigoureusement sur un aviron.

Malko attrapa la barque et grimpa la rive, tirant Leila par la main. Krisantem leur ouvrit la portière avec empressement. Il avait eu le temps de griller un paquet de cigarettes durant la balade.

— Nous rentrons à l'hôtel, ordonna Malko.

Pendant que le Turc manœuvrait pour reprendre la direction d'Istanbul, Malko lui demanda :

— Qu'est-ce que c'est que ce bateau échoué ?

— C'est un pétrolier. Il a brûlé il y a un an, cela a failli provoquer une catastrophe. Il venait de faire le plein à la raffinerie BP que l'on peut voir d'ici, quand le feu s'est déclaré à bord. Vous pensez, en cinq minutes ça a été un brûlot. À cinq cents mètres du plus grand dépôt d'essence d'Istanbul. Heureusement, le capitaine est parvenu à aller l'échouer un kilomètre plus bas, sur des hauts-fonds.

— Et alors ?

— Il a brûlé pendant une semaine. On sentait la chaleur jusqu'ici et la lueur se voyait à 100 kilomètres. Impossible de l'éteindre.

— Pourquoi l'a-t-on abandonné là ?

— Je crois qu'on a essayé de le renflouer. Mais ça n'en valait plus la peine. Il paraît qu'il est incrusté sur les rochers.

— Des rochers ?

— Oui, c'est ce qu'on dit. Oh, un jour on finira bien par le vendre à un ferrailleur...

Malko se tut. Jusqu'à Istanbul, il se contenta de presser la main de Leila, qui semblait très amoureuse.

À l'hôtel, il eut une surprise. Un mot l'attendait dans sa case, tracé d'une grande écriture féminine : « Voulez-vous appeler la chambre 109. De la part de Nancy Spaniel ? *Life Magazine*. »

Le nom lui était inconnu. Mais Leila avait lu pardessus son épaule.

— Qui est cette fille ? siffla-t-elle.

— Je n'en sais rien.

— Comment et pourquoi veut-elle te voir ?

— Pas la moindre idée.

— Tu te fous de moi ?

— Écoute. Nous la verrons ensemble.

— Vicieux ! Monstre !

Soudain, Malko vit une grande jeune fille blonde se lever d'un fauteuil du hall et venir droit vers lui. Elle lui tendit la main et lui dit :

— Je suis Nancy Spaniel. Vous êtes Son Altesse Sérénissime Malko Linge.

— Oui. Mais vous pouvez m'appeler Malko.

Il la regardait attentivement, et, soudain, un déclic se fit. Bien sûr, il l'avait rencontrée en Autriche où elle étudiait l'histoire de l'aristocratie européenne. Elle lui avait demandé un rendez-vous.

— J'ai lu votre nom sur la liste de l'hôtel, et comme je suis un peu perdue dans ce pays, j'ai pensé que vous pourriez m'aider.

— De quoi vous occupez-vous ?

— Du *Memphis*. Vous savez le sous-marin qui a coulé près d'ici.

— Ah !

Ça, c'était le comble. Leila, qui suivait la conversation, dit, l'air pincé :

— Chéri – elle appuya sur le mot – tu me rejoins dans ma chambre.

Et elle tourna les talons.

— Allons boire un verre, proposa Malko à la jeune Américaine. Mais auparavant, je dois donner un coup de fil. Attendez-moi au bar.

Il pénétra dans l'une des cabines placées près de la réception et appela le consul.

— Dites-moi, avez-vous entendu parler d'un pétrolier qui a brûlé il y a quelques mois ?

— Oui, bien sûr.

— Vous connaissez son nom ?

— Oui, attendez, il s'appelait l'*Arkhangelsk*.

— L'*Arkhangelsk* ?

À INSTANBUL

— Oui, c'était un pétrolier russe.

Malko raccrocha après avoir remercié le diplomate. Une petite lumière rouge s'était allumée dans son cerveau. Il alla retrouver Nancy au bar, pensant toujours à la grande carcasse rouillée abandonnée au milieu du Bosphore.

CHAPITRE X

Krisantem avait laissé la porte de la cabine entrouverte, afin de pouvoir surveiller le hall du Hilton.

— Dépêchez-vous, dit-il à voix basse. Il va descendre. Qu'est-ce que vous voulez ?

— Vous allez retourner au bateau ?

— Je ne sais pas. Il ne me prévient qu'au dernier moment. Et je ne peux rien faire, de toute façon.

— Je rappellerai ce soir.

L'autre avait raccroché. Furieux, Krisantem sortit de la cabine pour se heurter à Malko.

— Un autre client ? interrogea poliment l'Autrichien. N'oubliez pas que je vous ai retenu.

Sous le regard des yeux dorés, Krisantem n'en menait pas large.

— Non, seulement un ami.
— J'ai besoin de vous. Il faut que vous me trouviez un bateau à louer.
— Quel genre ?
— À moteur. Nous allons faire un tour sur le Bosphore.
— C'est facile. Je connais un type qui en loue. C'est près de l'embarcadère du bac. Mais ça va vous coûter cher.
— Aucune importance. Ah, à propos, je veux vous présenter deux de mes amis qui travaillent avec moi : Milton Brabeck et Chris Jones. Voici Elko Krisantem.

Elko n'eut pas envie de leur demander en quoi consistait leur travail. C'étaient les deux types qui étaient venus le soir précédent le voir chez lui... Debout, derrière Malko, leur chapeau vissé sur la tête, ils regardaient Krisantem avec l'air affectueux d'un matou qui va croquer une souris blanche.

— Salut ! firent-ils de concert. On s'est déjà vu.

La conversation s'arrêta là. Pensif, Krisantem ouvrit les portières de la Buick. La dernière fois, il avait fidèlement rapporté à Doneshka la balade de

Malko autour du pétrolier. L'autre avait alors ordonné :

— Prévenez-moi immédiatement s'il y retourne.

Il aurait bien voulu, Krisantem. Mais il avait l'impression – et il ne se trompait pas – que les gorilles attendaient un geste insolite de sa part pour le mettre en pièces…

Une heure plus tard, ils étaient tous à bord d'un canot en plastique équipé d'un vieil Evinrude de 35 chevaux, et qui parvenait tout juste à remonter le courant du Bosphore. Il leur fallut près de trois quarts d'heure pour arriver jusqu'au pétrolier. Les yeux fermés, Malko rêvait. Nancy, la jeune Américaine, était bien agréable. Il avait dîné avec elle la veille. Elle était venue à Istanbul, espérant faire un reportage sur le *Memphis*. Mais ce n'était pas facile.

Malko avait promis de l'aider.

Il l'avait déjà emmenée au Kervansaray, la boîte voisine du Hilton. À cause de Leila, il n'avait pas osé aller au *roof*, le cabaret qui se trouvait au dixième étage de l'hôtel.

Mais Nancy était ravie. Elle trouvait Malko terriblement romantique. Même lorsqu'il lui caressa doucement la jambe sous la table. Elle dansait, comme toutes les Américaines, joue à joue, avec une pression de tout son corps. Comme elle était de la même taille que Malko, ce n'était pas désagréable.

Malko l'avait ensuite accompagnée jusqu'à sa chambre. Avant de le quitter, c'est elle qui l'avait embrassé. Son baiser était doux et chaud. Il la serra un peu plus. Elle répondit. Son corps s'appuya contre le sien et elle lui griffa la nuque.

Ce fut tout.

— Nous avons tout le temps, avait-elle murmuré avant de fermer la porte au nez de Malko.

N'empêche qu'aujourd'hui il y pensait. La volcanique Leila passait aussitôt au second plan.

On approchait. Malko épousseta son impeccable costume gris. Il avait horreur d'être négligé. Krisantem ralentit le moteur. La silhouette du pétrolier échoué paraissait énorme. Ballotté par les sillages de tous les bateaux, le canot était terriblement instable. Heureusement, à cet endroit-là, le Bosphore s'élargit en une sorte de lac, ils étaient ainsi à l'écart du gros trafic. Les trois cargos grecs n'avaient pas bougé. Un peu plus loin, la raffinerie brillait de toutes ses cuves sous le soleil.

Krisantem coupa les gaz. Le canot n'était qu'à quelques mètres du pétrolier. Les gorilles n'en menaient pas large. Avec l'artillerie qu'ils avaient sur eux, ils auraient coulé à pic...

— Faites le tour du bateau, ordonna Malko.

Aucune échelle ne permettait d'escalader la muraille du bateau qui fascinait Malko par ses superstructures et sa coque morte. Quelque chose lui disait que ce qu'il cherchait se trouvait là.

Mais quel rapport établir entre cette vieille carcasse abandonnée et le sous-marin de la mer de Marmara ? Aucun signe de vie n'apparaissait.

— Il y a longtemps qu'on a essayé de le renflouer ? demanda Malko.

— Oh oui ! plusieurs mois.

On avait dû draguer des centaines de milliers de mètres cubes de terre. La tache claire sur la berge avait près de cinq cents mètres de long.

Curieux qu'ils n'y aient pas réussi. Le pétrolier ne semblait pas profondément enfoncé dans le Bosphore. À moins qu'il n'y ait un rocher... Tout cela chiffonnait Malko. Les trois autres se taisaient. À part Krisantem, ils se demandaient pourquoi Malko s'intéressait tant à l'*Arkhangelsk*.

D'autres se posaient la même question un peu plus loin. Une vieille Taunus était arrêtée derrière un rideau d'arbres, sur la rive asiatique. Il y avait trois hommes à l'intérieur. Le canon d'un fusil mitrailleur dépassait de la glace avant gauche. Il était pointé sur l'*Arkhangelsk*.

— S'ils montent, je tire ? interrogea le servant de l'arme.

— Oui.

Il manœuvra la culasse et engagea un chargeur. Le canot à moteur s'encadrait dans l'œilleton. Mais ses occupants ne se décidaient pas à prendre le pétrolier d'assaut.

Malko cherchait désespérément ce qui pouvait le mettre sur la voie. Mais tout semblait normal. Il fit approcher le canot du pétrolier à le toucher, passa la main sur la tôle sale, humide, où adhéraient encore des écailles de peinture. Il crut que sa main allait passer au travers de la rouille qui avait profondément attaqué le métal. Bizarre pour un bateau qu'on venait d'essayer de renflouer.

Soudain, il eut l'illumination.

— Éloignez-vous ordonna-t-il à Krisantem. Jusqu'au milieu du Bosphore.

Il ne quittait plus l'*Arkhangelsk* des yeux. Dans quelques secondes, il allait être sûr. La silhouette du pétrolier se découvrait maintenant très nettement de profil. L'incendie n'avait pas trop déformé les superstructures.

Malko ferma les yeux. Il était en train de feuilleter dans sa mémoire un petit livre qu'il avait lu deux ans auparavant : l'annuaire *Jane's*, manuel de toutes les flottes du monde. Il y avait plusieurs centaines de navires répertoriés, chacun avec ses caractéristiques et sa silhouette, en ombre chinoise.

Les navires défilaient dans la tête de Malko comme s'il les avait vus hier. La tension lui faisait plisser le front. Son cerveau fonctionnait comme une IBM bien huilée.

Et ça ne collait pas.

La silhouette de l'*Arkhangelsk*, pétrolier russe de 120 000 tonneaux qu'il avait en tête ne correspondait pas à ce qu'il avait devant les yeux. Le bateau échoué était beaucoup plus petit et ses superstructures étaient très différentes.

L'autre était doté d'une dunette placée à l'arrière, alors que celui-ci possédait une espèce de dunette qui couvrait jusqu'au milieu du pont. Le pétrolier qu'on appelait l'*Arkhangelsk* n'était pas l'*Arkhangelsk*... Et ça, ça voulait certainement dire quelque chose. On ne débaptise pas un navire pour le plaisir.

Malko abandonna provisoirement ses méditations. Un bateau chargé de touristes avait failli faire chavirer le canot. Verdâtres, les gorilles mangeaient des yeux Krisantem qui tirait sur la ficelle du moteur pour le remettre en marche. Il y arriva à temps, évitant de justesse d'être coupé en deux par un remorqueur ventru dont l'équipage les couvrit d'injures.

Le Bosphore était un peu trop fréquenté pour se livrer à ce genre de sport. Mais Malko avait l'air satisfait. Époussetant un grain de poussière invisible sur son costume impeccable il sourit largement.

— Allez, on rentre.

Les yeux jaunes pétillaient et les trois autres se demandaient ce qui pouvait bien l'avoir mis en joie.

De l'hôtel, où Leila l'attendait dans sa chambre, il téléphona au consul.

— Avez-vous un exemplaire du *Jane's* 1969 ?

— Oui, je crois, répondit le diplomate.

— Alors, je viens vous voir.

Dix minutes plus tard, Malko buvait un whisky dans la bibliothèque du consul. Sur ses genoux, il y avait l'épais volume. Il le feuilleta et arriva à la description de l'*Arkhangelsk*.

C'était bien la silhouette dont il se souvenait. Il avait raison, le pétrolier échoué était un navire inconnu que les Russes avaient voulu faire passer pour l'*Arkhangelsk*. Il expliqua rapidement l'histoire au diplomate qui tomba des nues.

— Mais pourquoi ?

— Je n'en sais rien.

— Vous croyez que cela a un rapport avec le *Memphis* ?

— Peut-être pas. Mais c'est le seul indice que je possède pour le moment. Et j'ai appris que les Russes ne font jamais rien au hasard. Il y a une raison et une raison importante pour que l'*Arkhangelsk* ne soit pas l'*Arkhangelsk*.

— Mais alors, où est le vrai ?

— Il doit naviguer sous un autre nom. À moins qu'il ne soit au fond de la mer pour plus de sécurité. Bon, pouvez-vous me rendre un service ?

— Certainement.

— Je voudrais savoir le nom de l'entreprise qui a tenté de renflouer l'*Arkhangelsk* – il n'y a qu'à continuer à l'appeler comme ça – et les circonstances exactes de l'accident.

— Bon, je vais demander au colonel Kemal.

— Non.

Malko s'était levé et avait refermé le livre. Il s'approcha du consul.

— Il ne faut pas que les Turcs se doutent que je m'intéresse à ce bateau. Tenez, dites par exemple qu'un navire de la VIe flotte a des avaries et téléphonez à une boîte qui s'occupe de renflouer les bateaux. En les questionnante habilement, vous pouvez savoir le nom de ceux qui ont renfloué le russe.

— Bien, je vous appellerai demain. Voulez-vous rester pour dîner ?

— Non. Merci. J'ai du travail et un petit problème à résoudre.

Le problème, c'était que Malko avait rendez-vous à la même heure dans le hall du Hilton avec Leila et avec un ravissant mannequin sud-africain, Ann. Il avait rencontré Ann à la réception en quittant l'hôtel. Et les yeux d'Ann avaient fait leur effet.

Il demanda à Krisantem :

— Vous connaissez un bon restaurant avec des attractions, de la musique ?

Le Turc hésita.

— Il y a le Mogambo. Mais c'est très cher.

— Aucune importance. Va pour le Mogambo.

Les deux filles étaient au bar quand il entra. Leila moulée dans une jupe noire et un pull-over qui soulignait très précisément ses formes, de sorte que le service de l'hôtel s'en trouvait ralenti. De son tabouret, Ann la contemplait avec un mélange de dédain et d'envie. Son tailleur rose était beaucoup moins révélateur. Son instinct de femelle reprit le dessus. Tout en mettant des lunettes teintées pour faire sérieux, elle croisa négligemment les jambes. Très haut.

Si haut que le Turc qui se trouvait en face d'elle commanda royalement de nouvelles consommations pour toute sa famille.

À ce moment Malko entrait dans le bar. Leila ne lui laissa pas même le temps d'un choix. Elle se leva et vint onduler devant lui, à la manière d'une chatte heureuse de retrouver son maître. Par-dessus son épaule, Malko fit un sourire gracieux à Ann.

Elle le lui rendit, un peu pincé. L'Autrichien contourna Leila pour aller s'emparer de la main d'Ann et y déposa un baiser appuyé.

La tension électrique aurait pu sûrement faire briller le lustre. Leila, toutes griffes dehors, se préparait à bondir.

— Je te présente Ann Villers, la femme d'un de mes très bons amis, se hâta de dire Malko.

Désamorcée, Leila consentit à une légère inclination de tête, sans toutefois désarmer.

— Où allons-nous dîner, chéri ? roucoula-t-elle en prenant le bras de Malko.

— N'importe quel endroit sera merveilleux avec deux aussi jolies femmes, répliqua Malko, les yeux au plafond.

Il y eut encore quelques secondes difficiles à passer. Leila se demandait si elle allait planter ses griffes dans les yeux de Malko ou dans les cheveux de sa rivale. Son hésitation sauva la situation, Malko se pencha vers elle et murmura :

— Pardonne-moi. J'aurais aimé t'avoir pour moi seul, mais je ne peux pas faire autrement.

Pendant que Leila digérait le compliment, il glissa à Ann :

— De toute façon, elle nous quittera à onze heures pour son numéro.

Heureuses, les deux femmes quittèrent le bar aux bras de Malko. Par bonheur, la porte était large, aussi ils passèrent tous les trois de front. Dans la Buick, Malko laissa traîner ses mains un peu partout, au gré des cahots. Les deux parfums se mariaient très bien.

Malko était heureux. Il avait le sentiment d'être sur la bonne voie. Ce bateau maquillé cachait un mystère... Le tout était de le découvrir, avant que les autres ne s'aperçoivent qu'il devenait dangereux...

Lorsqu'ils arrivèrent le restaurant était plein, mais grâce à Krisantem ils eurent une très bonne table près de la piste. Et on les emmena tout de suite choisir dans une énorme glacière les poissons qu'ils voulaient manger.

Discrètement, Krisantem disparut, promettant qu'il serait dans la Buick une heure plus tard. Malko le suivit des yeux, pensif. Malheureusement, il ne put que le suivre des yeux... Sinon, il aurait vu le Turc entrer dans un petit café à deux pas de là et demander à téléphoner. Son interlocuteur décrocha tout de suite.

— Il veut retourner au bateau demain, dit très vite Krisantem.

Il y eut quelques secondes de silence à l'autre bout du fil. Puis la voix que Krisantem connaissait bien fit :

À INSTANBUL

— Bien, nous allons prendre nos dispositions.

— Eh ! cria presque Krisantem. Pas ce soir. Il se douterait...

L'autre avait raccroché.

Pas tranquille du tout, Krisantem alla s'attabler mélancoliquement au fond du café, devant des poulpes au raisin et du yoghourt.

Il avait mauvaise conscience. Cet homme aux yeux d'or qui faisait si bien la cour aux femmes lui était sympathique.

Au Mogambo, Malko nageait dans le bonheur. Leila tenait sa main droite, comme un tigre tient un os avant de le broyer et il avait sournoisement enroulé sa jambe autour de celle d'Ann qui baissait pudiquement les yeux, mais s'était tordue sur sa chaise pour faciliter la coupable manœuvre de Malko.

Le restaurant était surtout fréquenté par des Turcs. Les tables de bois ornées de nappes en papier étaient très simples, mais en revanche les murs croulaient sous de hideux chromos représen-

À ISTANBUL

tant le Bosphore sous tous les angles, de jour et de nuit. La nourriture était bonne. Le poisson du moins.

On avait servi à Malko, en guise de hors-d'œuvre une crème blanchâtre dénommée tarama, qui sentait le caviar pourri. Leila avala les trois portions.

Au dessert, il leur fallut subir les attractions. Jusque-là, l'orchestre dissimulé derrière une tenture avait joué en sourdine des airs qui étaient tous des variantes des *Enfants du Pirée*. Il se déchaîna pour accompagner une danseuse « orientale » dont les bourrelets firent ricaner Leila. Mais au moment où elle faisait trembler sa graisse devant leur table, Ann se pencha gentiment vers Leila et susurra :

— Il faudra que je vienne vous voir *aussi*.

Leila se contenta de murmurer en turc que si Ann se foutait à poil, elle viderait la salle en cinq minutes.

Ce qui, manifestement, était faux étant donné l'intérêt que portait la main gauche de Malko à la jambe de la jeune Sud-Africaine.

À INSTANBUL

La danseuse s'esquiva et laissa la place à des danseurs d'Anatolie coiffés de curieux bonnets de laine multicolores. Ils se croisaient avec une précision stupéfiante et dansaient au rythme d'une musique aigrelette. Finalement, ils s'empoignèrent et se mirent à tourner comme des derviches.

Absorbé par le spectacle, Malko n'avait pas vu entrer un gros homme au crâne chauve comme une boule de billard, vêtu d'un costume bleu et d'une cravate jaune. Il s'accouda au bar et resta là entre les serveurs qui le bousculaient.

Les danseurs s'arrêtèrent. Alors, d'un pas tranquille, il se dirigea vers la table de Malko ; celui-ci, lorsqu'il le vit, n'était plus qu'à deux ou trois mètres de lui. Brusquement, en approchant de la table, le gros se mit à tituber et vint s'effondrer sur les genoux d'Ann. Avec un affreux ricanement il l'enlaça d'une main et, de l'autre, se mit à lui pétrir la poitrine d'une énorme patte velue aux ongles en deuil.

Ann hurla, d'une voix perçante qui couvrit les *Enfants du Pirée*. Elle tenta de se lever, mais le poids de l'homme l'immobilisait. De toutes ses forces, elle enfonça ses ongles dans sa joue.

La brute grogna et enfouit son visage dans le cou de la jeune fille.

De toutes ses forces, Malko poussa l'intrus. Il l'ébranla à peine. Alors il saisit la main qui s'accrochait à la chaise et attrapa un doigt. Vicieusement, il le ramena en arrière...

Le gros poussa un hurlement et sauta sur ses pieds. De sa main gauche, il balaya la table, couvrant Ann de débris d'assiettes. De la droite, il saisit Malko à la gorge et serra. L'Autrichien eut l'impression d'être pris dans un laminoir. Son regard croisa celui de l'autre et il réalisa qu'il n'avait pas affaire à un ivrogne.

Deux petits yeux méchants et très lucides le regardaient intensément.

Malko projeta son genou. L'autre le prit en plein dans le bas-ventre et recula avec un grognement, relâchant sa prise. Malko fit un bond en arrière et saisit une bouteille.

— Attention, il est dangereux !

C'était Leila qui avait crié.

Effectivement, le type s'avançait vers Malko, une lame courte et triangulaire à la main.

À la façon dont il tenait l'arme, l'Autrichien vit tout de suite qu'il avait affaire à un professionnel. Il essayait de frapper de bas en haut, vers le cœur. Avec la force du tueur, il allait être épinglé comme un papillon.

Sa bouteille lui paraissait complètement inutile. S'il approchait, il était embroché.

Il recula, espérant prendre assez de champ pour s'enfuir. Pour une fois, il maudissait son habitude de n'être jamais armé. Si, au moins, ses gorilles étaient là...

Leila le sauva.

Comme une folle, elle sauta sur le Turc par-derrière, lui lacérant le visage de ses ongles, hurlant comme pour annoncer la fin du monde. Surpris, le type essaya de se débarrasser de cette panthère. Elle en profita pour planter ses dents dans son poignet comme un bouledogue.

Elle devait serrer fort car le couteau tomba. Du coup, les garçons qui regardaient le spectacle retrouvèrent leur courage et se ruèrent à la curée. L'agresseur disparut sous un amas de vestes blanches.

Mais c'était un dangereux. Il fonça vers le mur, y écrasa un paquet de ses adversaires et se redressa. Les survivants hésitèrent, le type aussi. Il aperçut le patron qui téléphonait fiévreusement. La police serait là dans cinq minutes. Il fonça vers la sortie. Un garçon qui tentait de le stopper s'en tira avec une mâchoire fracturée et l'inconnu disparut dans le noir. Personne ne se soucia de le poursuivre.

À la table, Malko consolait Ann. Elle avait une grosse tache bleue sur le cou et sa robe ressemblait à une nappe qui aurait beaucoup servi…

— Ça alors, ça alors, répétait Ann. Il aurait pu me tuer.

Leila ricana :

— Vous vous en seriez tirée mieux que ça. Ces types-là ne sont pas difficiles…

— Vous, la putain…, commença Ann.

Malko rattrapa Leila de justesse. La bagarre l'avait déchaînée. Elle parlait déjà d'arracher le bout des seins d'Ann avec ses dents... Heureusement que la jeune Sud-Africaine ne comprenait pas le turc...

— Filons, dit Malko. Il y en a assez pour ce soir.

Ils se levaient. Un garçon vint à ce moment présenter un papier plié à Malko, sur une soucoupe. L'addition.

Leila poussa un rugissement, s'empara du papier, en fit une boulette. Ses griffes rouges en avant, elle fonça sur le patron et se mit en devoir de lui faire manger l'addition. Du coup, le Turc protesta que c'était une joie d'inviter des gens aussi charmants et les supplia de revenir.

Malko sortit dignement poussant Ann, Leila protégeant ses arrières.

Krisantem était dans la Buick. Le retour fut silencieux. Arrivés au Hilton, Malko prit le bras d'Ann et demanda sa clef au portier. Le hall était désert.

— Je la mène jusqu'à sa chambre, dit-il à Leila.

Elle le regarda d'un drôle d'air. À voix basse, elle lui murmura au moment où il poussait Ann dans l'ascenseur :

À INSTANBUL

— Je t'attends dans ma chambre. Après mon numéro. Le type qui t'a attaqué, je le connais. Si tu veux savoir son nom, ne reste pas trop longtemps avec cette p...

La petite liftière en socquettes blanches, poilue comme un grognard, regarda avec surprise la marque bleue sur le cou d'Ann.

Dix minutes plus tard, Malko était chez Leila.

Il n'avait pas été héroïque : Ann lui avait claqué la porte au nez.

CHAPITRE XI

Le soleil brillait sur Istanbul. C'était l'heure du déjeuner. Le long des remparts de l'avenue Yedikulé, une nuée de marchands ambulants vendaient du thé à la menthe, du loukoum vert et rose, découpé en petits cubes, des galettes graisseuses.

Dans un coin, absorbés dans la contemplation d'une vitrine de tissus, Malko et Leila les doigts enlacés formaient un couple très attendrissant d'amoureux. En réalité, profitant du reflet de la glace, ils surveillaient l'entrée d'une vieille maison de bois, placée derrière eux. Ils étaient dans la rue depuis deux heures et avaient l'impression que tout le monde les guettait.

Cinquante mètres plus loin, les deux gorilles prenaient le frais à la terrasse d'un café arabe, enfouraillés jusqu'aux yeux. Il ne leur manquait que des grenades.

Ils avaient poussé des cris d'orfraie en apprenant l'incident de la veille. Eux, avaient passé la soirée à jouer au gin-rummy, ce qui est le comble de l'activité intellectuelle pour un gorille. Maintenant, ils grillaient d'en découdre.

— Il ne devrait pas tarder à sortir, murmura Leila. Ou alors, il lui est déjà arrivé quelque chose...

C'est elle qui avait mené Malko jusqu'au fin fond d'Istanbul, de l'autre côté de la Corne d'Or. Le long des anciens remparts, il y avait un labyrinthe de petites ruelles bordées de maisons en bois qui tenaient debout par miracle.

Depuis le matin, elle était pendue au téléphone. Elle connaissait le tueur de vue. C'était un petit maquereau sans envergure qui ne dédaignait pas, lorsque l'occasion s'offrait, de détrousser un passant attardé. À plusieurs reprises, il avait joué du couteau dans des bagarres. Toujours quand l'autre n'en avait pas, bien entendu.

À INSTANBUL

Leila connaissait vaguement une fille qui avait été avec le gars. Par bonheur, elle avait le téléphone.

D'une voix endormie, elle avait donné le nom du type : Omar Cati.

— Il doit être en prison en ce moment, avait-elle ajouté. Il a été arrêté, il y six mois, pour avoir attaqué un couple de touristes près de la mosquée du Sultan Ahmed.

Malko et Leila s'étaient habillés à toute vitesse. La fille avait tout de même fini par donner une adresse possible du tueur, chez une prostituée. Avec les deux gorilles, ils s'étaient entassés dans un taxi qui les avait conduits près du coin où ils se trouvaient maintenant.

Leila était montée seule. Pour éviter d'affoler la fille. Celle-ci avait ouvert précautionneusement, le cheveu embroussaillé et la paupière lourde. Elle était avec un client. Leila lui avait raconté une vague histoire d'argent prêté. L'autre avait ricané :

— Tu peux toujours essayer de récupérer ton fric. Cette ordure d'Omar habite près d'ici, rue Eyüf, numéro 7. S'il est de bon poil, il te sautera, sinon il te collera une trempe.

En dépit de cette charmante perspective, Leila avait remercié. Et depuis, ils attendaient. Malko commençait à s'impatienter. Ce Turc, c'était son fil d'Ariane, le seul indice tangible qui pouvait le mener à ce qu'il cherchait.

— Si dans cinq minutes, il n'est pas descendu, on y va, dit-il à Leila. Jones et Brabeck nous protégerons.

— Pas la peine, regarde.

C'était lui. Dans la vitrine, Malko voyait parfaitement son reflet. Toujours doté d'une aussi sale gueule, vêtu d'un pull bleu de marin et d'un vieux pantalon. Il prit la direction de la Yedikulé, qui allait au champ de courses. Malko et Leila lui emboîtèrent le pas.

— Attaque-le, toi, dit Malko. Autrement, il va se méfier.

Au moment où Leila partait derrière l'homme, Malko tombait en arrêt : deux hommes venaient de sortir de l'encoignure d'une porte cochère et encadraient Omar.

À travers les flots montants et descendants des commères et des badauds,

À INSTANBUL

Malko avait du mal à repérer Omar qui avait pris cinquante mètres d'avance. Mais il voyait distinctement les deux inconnus qui l'encadraient. L'un avait les cheveux blonds et portait un chapeau mou, l'autre était brun vêtu d'un costume bleu.

Leila revint vers Malko, dépitée.

— Suivons-le. Attendons qu'il soit seul, dit Malko.

Les gorilles suivaient à distance respectueuse. Malko fendit la foule pour se rapprocher d'Omar. Il le vit s'arrêter à un kiosque de journaux et acheter l'édition des courses de Ettalat.

À ce moment, une voiture s'arrêta contre le trottoir. Le conducteur klaxonna pour attirer l'attention d'Omar. Celui-ci tourna la tête. L'autre lui cria quelque chose avant de démarrer. Omar sourit et fit « bonjour ».

Puis, il reprit sa route. Il ne lui restait plus que quelques centaines de mètres à parcourir avant la gare. Malko accéléra pour arriver à sa hauteur.

— Il faut le piquer avant qu'il prenne le train, expliqua Malko.

À ISTANBUL

Omar était presque arrivé à la gare. Soudain, l'homme blond passa derrière lui, se laissant distancer. L'homme brun se détourna comme pour aller acheter un journal.

Pétrifié, Malko vit l'homme blond se glisser derrière Omar, lever la main gauche qui tenait un colt 38 et tirer une seule balle dans le cou d'Omar, elle pénétra dans le cerveau et ressortit par le front.

Omar tomba en avant, la cigarette entre les dents, tenant toujours son journal.

Malko démarra comme un fou en agitant le bras pour que les gorilles le suivent. Mais il avait du mal à se frayer un chemin à travers la foule et les gorilles étaient encore loin.

Le tueur blond jeta son revolver, se fondit dans la foule et gagna la barrière de la gare. Il sauta pardessus une palissade, retomba de l'autre côté et revint vers le quai, car un train arrivait. Malko fut doublé par Jones et Brabeck qui fonçaient, tête baissée, la main sur les crosses.

À INSTANBUL

Ils sautèrent la barrière vingt secondes après le tueur. Celui-ci les vit. Il laissa tomber un gant de soie noire qu'il portait pour éviter de laisser des empreintes et disparut dans la salle où l'on achetait les billets.

Brabeck se rua derrière lui. Il vit l'homme blond couper les files d'attente et disparaître par la porte de la gare. Le gorille écarta une grosse mémère avec son cabas et arriva à trois mètres du tueur quand son mouvement fut arrêté par un pope vêtu d'une soutane crasseuse qui se dressa soudain devant lui.

— *Keep away,* hurla Brabeck.

Et, pour mieux se faire comprendre, il dégaina son colt 357 magnum qu'il brandit sous le nez de l'ecclésiastique.

L'autre poussa un hurlement et sauta sur l'Américain, glapissant tout ce qu'il savait. Brabeck tenta vainement de se dégager : le pope avait une poigne d'acier.

Malko arriva pour entendre le pope hurler :

— Arrêtez-le. Aidez-moi. C'est un assassin.

Brabeck fut libéré par l'arrivée de Jones qui, froidement, vida un chargeur dans le plafond. Les badauds se dispersèrent en piaillant. Le pope s'éclipsa aussi en criant :

— Je vais chercher la police.

La police arriva, quelques minutes plus tard. Il y avait déjà foule autour du cadavre d'Omar. Il fallut une demi-heure de palabres et de coups de téléphone pour convaincre le commissaire du coin que Jones ne l'avait pas assassiné. Finalement, les trois hommes et Leila purent partir.

— C'était un coup monté, conclut Malko. Le pope était sûrement dans le coup. Il n'aurait pas agi comme ça, autrement.

— Je me demande pourquoi ils l'ont tué, fit Jones. Ils ne pouvaient pas savoir qu'on l'avait identifié. Et, après tout, il travaillait pour eux.

— Nous sommes sur un coup énorme, dit Malko. Je ne vois pas encore quoi. Et les gens qui sont en face de nous ne prendront aucun risque. J'ai une petite idée en ce qui concerne Omar. Retournons à l'hôtel.

À INSTANBUL

Krisantem était déjà devant le Hilton, astiquant consciencieusement la Buick. Malko alla vers lui.

— Je vous ai raconté que j'avais été attaqué hier soir au restaurant ?

— Oui.

— Eh bien, mon agresseur est mort ce matin.

— Mort ?

— Une balle dans la tête. Et il ne s'est pas suicidé.

Les yeux dorés de Malko étaient plantés droit dans ceux du Turc. Krisantem se sentit très mal à l'aise. Car il avait reçu une visite ce matin même. Et la mort d'Omar n'était pas sans rapport avec cette visite.

« Ils ont un cube de glace à la place du cœur », pensa-t-il. Il arriva quand même à sourire à Malko.

— C'est la police ?

— Non. À propos, soyez prêt après le déjeuner. Nous allons nous promener.

Avant de monter dans sa chambre, Malko prit Jones à part.

— Ne lâchez pas la danseuse d'une semelle. Au point où ils en sont, ils ont peut-être envie de lui ménager le sort d'Omar.

— Et le chauffeur ? Pourquoi vous ne nous le laissez pas ? Rien qu'une heure.

— Ça ne serait pas assez. Et il vaut mieux l'avoir sous contrôle. Au besoin, on peut lui faire un peu d'intox...

Malko alla frapper à la chambre d'Ann. Elle n'était pas là et Nancy était repartie pour New York. Il alla dans la sienne et s'accorda quelques instants de repos. D'abord il se plongea dans la contemplation de son panoramique. Quand il avait des difficultés, le spectacle de son château lui faisait toujours l'effet d'une injection de benzédrine.

Puis il ôta sa veste, tira ses rideaux et se plongea dans l'étude du plan de la bibliothèque. Il allait falloir trouver des boiseries assez hautes pour tapisser tous les murs. Justement, il avait entendu parler d'un lot. D'époque... qui coûtait une fortune...

La sonnerie du téléphone l'arracha à ses vieilles pierres. Il décrocha. C'était le consul.

— J'ai trouvé le nom de l'entreprise qui a tenté de renflouer l'*Arkhangelsk*.

C'est une boîte qui s'appelle Belgrat and C°. Les travaux ont duré près de trois mois. Tout était en règle avec les autorités turques.

— Et l'incendie ?

— Le pétrolier avait fait le plein à la raffinerie BP. Il a appareillé normalement et, quelques minutes plus tard, le capitaine a signalé qu'il y avait un incendie à bord, ce qui l'a contraint à faire évacuer le navire. Il n'y a eu aucune perte en vies humaines. Pendant que les marins sautaient dans le Bosphore, le capitaine a averti qu'il allait drosser l'*Arkhangelsk* sur un haut-fond pour éviter qu'il ne se rapproche de la raffinerie. Ce qu'il a fait.

— Et ensuite ?

— Les vedettes turques ont arrosé l'*Arkhangelsk* avec leurs lances. À cause de la chaleur, personne n'a pu approcher. Le pétrolier a brûlé durant une semaine et personne ne s'en est plus occupé.

— Est-ce qu'on sait pourquoi le renflouage n'a pas marché ?

— J'en ai parlé vaguement ; il paraît que l'*Arkhangelsk* était trop enfoncé dans le sable. Pourtant ils ont mis le paquet. Il y a eu une drague tout le temps des travaux et même des hommes-grenouilles.

— Bien, merci. Je vais tâcher d'utiliser tous ces renseignements.

Malko raccrocha et rappela l'amiral Cooper au Q.G. de la Navy, à Istanbul. Cooper n'était pas là, mais il y avait son ordonnance. Malko se fit connaître et lui demanda :

— À votre avis, combien vaut un pétrolier de 40 000 tonneaux, assez vieux et réduit à l'état d'épave ?

L'autre réfléchit et répondit :

— Pas plus de 250 000 dollars en ce moment. Et encore...

— Et est-ce que le renflouage revient cher ?

Rapidement, il expliqua le cas de l'*Arkhangelsk*. L'autre, perplexe, conclut :

— Avec de gros moyens, un renflouage comme ça peut coûter deux à trois cent mille dollars.

— C'est tout ce que je voulais savoir.

Aussitôt qu'il eut raccroché, Malko se plongea dans l'annuaire téléphonique d'Istanbul, à la recherche de l'entreprise

Belgrat. D'abord il ne trouva rien. Elle ne figurait pas plus sur la liste des entreprises de réparation que sur celle des chantiers navals.

Il dut parcourir deux pages d'annuaire avant de la trouver sous la rubrique « démolitions ». Il nota soigneusement l'adresse et descendit.

— Où se trouve la rue Akdeniz ? demanda-t-il à l'employé de réception.

L'autre le regarda avec surprise.

— Vous êtes sûr du nom ?

— Oui, pourquoi ?

— C'est une petite rue dans le quartier qui longe la Londra Asfalti. C'est un peu notre foire aux puces...

Malko décida de laisser Krisantem, pour une fois. En passant, il lui dit :

— Mlle Leila va faire des courses. Vous la conduirez.

Il partit à pied dans la Cumhusivet et dès qu'il fut hors de vue, il sauta dans un taxi.

Le véhicule mit près d'une demi-heure pour arriver à la rue Akdeniz. Il s'arrêta devant le numéro 27 figuré par une grande porte de bois et un mur de terre grisâtre. Au-dessus de la porte, il y avait

À INSTANBUL

une pancarte où on arrivait encore à déchiffrer le nom de « Belgrat » bien qu'il fût aux trois quarts effacé.

« Pas du tout le genre d'entreprise à renflouer des bateaux », pensa Malko qui tourna la poignée de la porte. Elle s'ouvrit en grinçant. Il entra dans une cour encombrée de ferrailles et de carcasses de voiture.

— Voulez-vous foutre le camp ! cria en turc, une voix graveleuse.

CHAPITRE XII

La voix venait d'un appentis à droite de la porte, que Malko n'avait pas aperçu en entrant. C'était une simple cabane en bois consolidée par des bouts de fûts métalliques. La plupart des vitres étaient remplacées par des carrés de carton. Celles qui restaient étaient tellement sales que Malko ne distinguait au travers qu'une vague silhouette.

En dépit de l'injonction qu'il venait de recevoir, il continua à avancer vers l'appentis.

— Je vous ai dit de foutre le camp ! hurla de nouveau la voix.

Malko fit un pas de plus.

La porte fut poussée si fort qu'un des gonds s'arracha. Et il sortit de la cabane une des créatures les plus immondes que Malko ait jamais rencontrée : un énorme bonhomme boudiné dans une chemise écossaise d'où la crasse avait effacé les couleurs et un pantalon de marin rapiécé au genou gauche.

Deux petits yeux noirs étaient les seules choses vivantes dans un visage qui ressemblait à un cornet de glace en train de fondre. De la glace à la vanille car le type était plutôt jaune. Quant au crâne, il était grisâtre, avec quelques plaques broussailleuses collées çà et là. Cette charmante apparition brandissait dans sa main droite une broche où étaient enfilés des morceaux de viande dégageant une odeur si nauséabonde que Malko ne put imaginer le mammifère qui l'avait fournie.

— Alors, vous êtes sourdingue ?

Cette fois il avait découvert des chicots noirâtres.

— Vous êtes monsieur Belgrat ? demanda poliment Malko.

— M. Belgrat, il est mort.

Et il cracha avant de retourner dans sa tanière. Malko le suivit. Sur une table innommable, encombrée de papiers, de boîtes de conserve vides, de bouteilles et de roulements à billes rouillés, le type avait posé un réchaud fait d'une boîte de biscuits remplie de sable imbibé de pétrole.

Il promenait amoureusement sa brochette au-dessus de la fumée noire, humant l'odeur du pétrole et de la viande brûlée avec délice. Furieux qu'on dérange son festin, il pointa sa broche sur le costume impeccable de Malko.

— Vous allez m'emmerder longtemps ?

— Il y a longtemps que M. Belgrat est mort ?

— Qu'est-ce que ça peut vous foutre ? J'aime pas les curieux. Tirez-vous.

La pointe effleurait la cravate de Malko. Celui-ci prit l'air profondément peiné.

— C'est-à-dire que... j'avais de l'argent pour M. Belgrat. Mais tant pis.

Et il recula.

— De l'argent !

Une douceur céleste émanait subitement de l'affreux. Il répéta plusieurs fois à mi-voix « de l'argent », comme pour se bercer. Visiblement, son cerveau, stoppé depuis longtemps, essayait désespérément de se mettre en marche. Finalement, il parvint à éructer :

— Mais, mais Belgrat, moi, je suis son meilleur ami.

Il regardait Malko avec l'air énamouré d'une dame à qui on propose des choses malhonnêtes dont elle a très envie. Pour le maintenir dans ces bonnes dispositions, Malko sortit de son portefeuille un billet de 50 livres et le posa sur la table.

L'autre le regarda comme si c'était Mahomet.

— Il y a longtemps qu'il est mort, M. Belgrat ?

— Voyons. Ça va bientôt faire un an, un peu moins peut-être.

— Et... il était malade ?

— Solide comme un roc. Mais il a eu un accident. Une voiture qui l'avait pas vu.

— Il est mort sur le coup ?

— Sur le coup ? Ah, vous voulez dire, tout de suite. Ah ! mon pauvre monsieur, je devrais pas vous dire ça, mais il était écrabouillé comme un chat. À croire qu'on avait passé dessus avec un rouleau compresseur... Pour moi, c'est un camion.

— Il n'y avait pas de témoins ?

— C'était la nuit. Près d'ici. Personne n'a rien vu.

— Et la police...

L'autre haussa les épaules et ricana.

— Qu'est-ce que ça peut lui foutre la police ? Y pouvaient pas y mettre une contravention, non ?

— Mais, qui fait marcher son affaire, alors ?

— Oh, son affaire, vous savez... ça n'a jamais marché bien fort.

— Il avait traité une grosse affaire pourtant, l'année dernière, ce bateau qu'il avait renfloué.

Brusquement le visage du type s'était fermé. Malko sentit qu'il fallait relancer la conversation. Il tira un autre billet de 50 livres et se mit à jouer avec.

— Vous y avez travaillé, vous, sur le bateau ?

L'autre plissa les yeux.

— Ça vous intéresse, hein ? Eh bien, je vais vous dire, moi aussi je me suis posé des tas de questions.

Il se tut, important. Malko fit craquer le billet. Le vieux soupira :

— C'est curieux, j'ai confiance en vous. Alors je vais vous dire ce que je sais :

Ça s'est passé il y a un peu plus d'un an. Un jour, il y a un type qui est venu voir M. Belgrat. Un gars bien habillé qui avait l'air d'avoir de l'argent. Il est resté enfermé deux heures avec lui. Le lendemain, le cirque a commencé. Moi, ça fait vingt ans que je travaille avec Belgrat, alors il avait confiance en moi. Donc, ce jour-là, il est venu me trouver et m'a dit : Kür – je m'appelle Kür – je vais virer tout le monde sauf toi. Mais il va falloir que tu fermes ta gueule.

— Mais avant ça, qu'est-ce qu'il faisait Belgrat ?

— Oh, un peu de tout. On achetait de la ferraille surtout. Et puis des épaves qu'on cassait. Pas des grosses affaires, mais il y avait quand même une douzaine de gars. Moi, je les commandais.

D'ailleurs, quand il m'a dit ça, je lui ai dit :

— Si tu vires des types, qu'est-ce que je vais foutre, moi ?

À INSTANBUL

— Rien, il m'a dit.

— Comment ça, rien ? Tu vas pas me payer alors.

— Si, t'auras 200 livres par mois. Pour rien faire pratiquement que rester là et virer les gens qui viendront demander du travail ou me chercher. Et quand j'aurai fini, je te donnerai 2 500 livres, comme ça, tu pourras t'acheter quelque chose.

Qu'est-ce que vous vouliez que je lui dise ? J'ai accepté. À la fin de la semaine, j'ai viré tout le monde. Je les ai payés avec du fric que Belgrat m'avait donné. Des billets neufs, je me souviens.

Le lundi, le type est revenu avec un autre. Eh bien, vous me croirez si vous voulez, depuis ce jour-là, je ne lui ai plus jamais parlé !

— Comment ça ? Mais vous l'avez vu quand même, non ?

— Oui. Mais il était jamais seul. Toujours avec un ou deux types. Il venait au bureau avec eux, le matin. Ils restaient là une ou deux heures à donner des coups de téléphone, puis ils partaient dans une voiture noire.

À ISTANBUL

— Quel type de voiture ?
— Je ne sais pas. Une voiture noire. Une grosse. Moi, je comprenais plus rien. Chaque fois que je demandais à Belgrat : « Mais nom de Dieu, qu'est-ce que tu fous ? » il me disait : « Je te dirai plus tard. » Une fois même, le type qui était avec lui m'a regardé comme s'il voulait me couper la gorge. Alors, j'ai eu les jetons. »

Kür passa une main sale sur sa gorge. Il avait l'air mal à l'aise. La brochette était presque complètement calcinée et dégageait une fumée noirâtre. La vue du billet le rassura. Il repartit :

— Moi, je savais même pas de quoi il s'agissait. Un jour où j'étais seul, j'ai reçu un coup de téléphone. On me demandait combien de temps l'entreprise Belgrat allait garder la drague qu'on avait louée.

— Quelle drague ? j'ai dit. L'autre type était vachement surpris. Il m'a dit : – Ben, la drague que vous avez louée pour renflouer le pétrolier. Dans le Bosphore. Ça va faire deux mois et on va en avoir besoin. Alors, dites à votre patron de nous appeler.

» Le soir, quand M. Belgrat est rentré, je lui ai dit. Il m'a cligné de l'œil en disant : – C'est pour l'affaire que je traite en ce moment. On renfloue un bateau. Et moi, je suis le conseiller technique de Monsieur.

» Alors, là, je me suis marré ! Belgrat, conseiller technique ! Il savait tout juste écrire, et, en bateaux, j'y connaissais plus que lui. Mais j'ai rien dit parce que, quand y m'a vu rire, Belgrat a eu l'air vachement malheureux. Alors, je me suis étouffé.

» D'autant plus qu'il y allait pour ainsi dire jamais, à ce bateau. Il passait des journées entières à traîner ici, toujours avec son type. Ou alors il était chez lui, toujours avec le gars. Moi, je pensais que c'était une drôle de vie. Pourtant, il avait pas l'air malheureux. Un jour, même, il m'a dit : – Dans deux ou trois mois, on va s'acheter un entrepôt et deux camions et on pourra aller jusqu'à Ankara chercher des vieilles bagnoles. »

— Seulement, on n'a jamais acheté de camion, parce que Belgrat, lui, il s'en est payé un, de camion. Mais pas comme il voulait...

— C'était quand, l'accident ?
— Oh, il y a un moment. Justement quand tout était fini avec les autres. Il paraît qu'on n'avait pas pu renflouer le bateau, et qu'ils abandonnaient. Ça n'avait pas l'air de les ennuyer, d'ailleurs. Un soir, Belgrat est revenu au chantier, tout seul.

— Kür, il m'a dit, voilà 2 500 livres, comme je t'ai promis. Lundi, tu vas rengager quatre ou cinq types, et on va se remettre à travailler. Et dès que je vais en trouver un, on va acheter un bateau à casser. »

Kür s'arrêta. Il tenta vainement de faire perler une larme dans ses petits yeux plissés.

— Et le lendemain, il était mort.
— Vous saviez où il allait ce soir-là ?
— Non.
— Il avait l'habitude de sortir le soir ?
— Jamais. Il se couchait toujours tôt.

Il y eut un petit moment de silence. Malko réfléchissait. Il en savait assez. Pas la peine de perdre du temps. Il s'éclaircit la gorge et dit :

— Je suis bien content de vous avoir vu. Voilà les 500 livres que je devais à M. Belgrat.

Kür prit les billets et les posa sur la table, à côté de la brochette. Il regardait Malko, méfiant.

— C'est curieux que Belgrat il ne m'ait jamais parlé de vous. Et puis, pourquoi vous m'avez posé toutes ces questions ? Vous êtes de la police ?

Malko secoua la tête.

— Non. Et, au fond, je ne vous ai pas posé tellement de questions. C'est vous qui avez beaucoup parlé...

Et, profitant de la surprise du Turc, Malko tourna les talons, et sortit. L'autre le héla. Il fit le sourd et repassa la petite porte de bois.

La rue était déserte.

Il dut marcher près de cinq cents mètres avant de trouver un taxi. Rentré au Hilton, il alla à sa chambre et commanda une bouteille de vodka et du Tonic. Il y avait trois messages de Leila. Il l'appela. L'appareil faillit lui sauter des mains.

— Qu'est-ce qui t'a pris de mettre deux hommes dans ma chambre ? hurlait la danseuse. Il y en a un dans mon lit et l'autre dans la salle de bains !

Il y eut un bruit de lutte, et la voix de Jones annonça :

— Tout va bien, patron. Mais vous savez ce qu'elle fait, cette garce ?

— Elle a fait la danse du ventre pendant une heure... Alors, si elle continue, moi, je ne réponds plus de rien...

— Voyou, monstre ! hurla Leila.

Malko raccrocha. Au moins, elle était bien gardée. Il se mit à siroter sa vodka en rêvant à ce mystérieux pétrolier qu'on s'était donné tant de mal à ne *pas* renflouer.

CHAPITRE XIII

Le consul jouait avec un crayon et paraissait prodigieusement ennuyé. Visiblement, la situation le dépassait.

— J'ai demandé aux Turcs pour Belgrat, dit-il à Malko. Il a bien été écrasé. Un accident, paraît-il. Il n'y a pas eu pratiquement d'enquête. À part ça, rien sur le bonhomme.

— Et l'*Arkhangelsk* ?

— Rien non plus. Les Russes ont demandé aux Turcs l'autorisation de le renflouer, autorisation qui a été accordée aussitôt. Au bout de trois mois, ils ont annoncé que l'opération était impossible et qu'ils vendraient le pétrolier à la casse. Depuis, rien n'a bougé.

— Mais l'*Arkhangelsk* a été vendu, oui ou non ?

— Il semble que non. Mais personne ne paraît s'en soucier. Là où il est, il ne gêne personne. Un beau jour un responsable quelconque prendra une initiative et l'affaire se réglera en huit jours.

— Est-ce que les services de renseignements turcs ou les nôtres se sont occupés de l'*Arkhangelsk* ?

Le consul leva les bras au ciel.

— Pourquoi, mon Dieu ? Il n'y a aucun mystère. Cela arrive tous les jours qu'un pétrolier ait un accident. Tout s'est passé au grand jour, devant cinq cents témoins.

Malko sourit un peu sarcastiquement.

— Et vous trouvez normal aussi que les Russes, qui sont d'habitude des gens sérieux se soient justement adressés à une espèce de chiffonnier en gros qui n'a comme expérience de la marine que celle des bars à matelots ?

Malko continua impitoyablement :

— Vous trouvez également normal que les Russes qui sont près de leurs sous se soient acharnés à renflouer un pétrolier qu'on arriverait à peine à faire vendre au poids à la ferraille ? Et, qu'enfin, l'homme chargé du renflouement, se fasse écraser par un camion, la nuit, sans témoins ?

— Coïncidences...

— Ça en fait beaucoup.

— Mais enfin, quel lien y a-t-il entre la disparition du *Memphis* et ce foutu pétrolier ?

— C'est justement ce que j'aimerais savoir. Mais je suis sûr qu'il y en a un. Depuis avant-hier, exactement.

— Pourquoi depuis avant-hier ?

— Parce qu'on a essayé de me tuer. C'est donc que je suis sur la bonne piste. Il faut que vous m'aidiez.

— Mon Dieu ! fit le diplomate.

Malko eut un geste apaisant.

— Non. Non, ce n'est pas pour assassiner quelqu'un. Cela, je m'en charge moi-même, ajouta-t-il, pince-sans-rire.

Le consul sourit jaune. Malko continua :

— Je voudrais visiter ce pétrolier. Le plus discrètement possible.

— Ça ne va pas être facile. Puisqu'il n'est pas vendu, il est encore la propriété des Russes. La seule voie légale – il appuya sur le mot – consisterait donc à faire une demande à l'ambassade soviétique.

— Je vois. Bon, je vais m'arranger autrement.

— Je vous en supplie, larmoya le consul, faites attention. Ne vous mettez pas dans une situation impossible et pensez à ce malheureux capitaine Watson, si plein de vie, d'enthousiasme.

— Merci, fit un peu froidement l'Autrichien. J'y pense. Je ne fais même que cela.

Il prit congé de son hôte avec une poignée de mains à réchauffer un condamné à mort. « Au fond, c'est un peu ce que je suis, pensa Malko. Sauf qu'on ne m'a pas encore passé la corde au cou. »

Il prit l'ascenseur. Krisantem l'attendait en sommeillant au volant de la Buick. Il avait eu le temps de donner un coup de téléphone et avait la conscience tranquille. Malko se fit conduire à l'hôtel et s'enferma un quart d'heure dans sa chambre avec un annuaire téléphonique. Il y cueillit une liste de cinq noms.

Aussitôt, il appela l'amiral Cooper. Ce dernier n'était pas là, mais un capitaine très aimable prit le nom et le téléphone de Malko en promettant de rappeler.

L'Autrichien insista sur l'urgence et raccrocha. En attendant, il se plongea dans une facture arrivée de Vienne, le matin même, concernant les boiseries de la bibliothèque du château. Évidemment, s'il avait accepté des boiseries modernes... Mais c'était impensable.

Le téléphone sonna une demi-heure plus tard, alors que Malko était presque résigné à remplacer le chêne massif par du contreplaqué. C'était Cooper.

— Je vous appelle de mon navire, dit-il. Quoi de neuf ?

Sa voix était claire et nette et résonnait comme s'il avait été dans la pièce.

Malko lui expliqua ce qu'il voulait.

— Ça me paraît facile, répliqua Cooper. Mais il me faut vingt-quatre heures. Que je déguise un de mes hommes.

— D'accord. Soyez gentil de me rappeler dès que ce sera fait.

Quand il eut raccroché, Malko rêva encore un peu de boiseries, puis descendit, emportant le papier où il avait écrit les cinq noms. Négligeant Krisantem, il sortit par une porte de service, se retrouva au bord du Bosphore et héla un taxi qui le déposa près de l'Université, devant un grand building moderne.

Un ascenseur le déposa au sixième. Il sonna à une porte ornée d'une plaque de cuivre portant l'inscription : Goulendran et C°. Reckage and Ship Builders.

Un huissier lui ouvrit la porte. Selon la mode du pays, il portait un complet dont n'aurait pas voulu un clochard parisien, une chemise sans col, et une barbe qui remontait au dernier ramadan. Il conduisit Malko dans une petite salle d'attente très propre lui apporta aussitôt un verre de thé brûlant.

Malko attendit dix minutes, puis le même huissier vint le chercher pour l'introduire dans un bureau spacieux où régnait cependant une vague odeur de chiche-kébab brûlé. Toujours l'Orient.

Un gros homme luisant fit le tour du bureau avec une rapidité stupéfiante pour son tour de taille et emprisonna la main droite de l'Autrichien entre deux petits matelas de graisse rehaussés de divers bijoux. On sentait nettement qu'il se retenait d'embrasser son visiteur. Encore et toujours l'Orient.

— Monsieur Linge, clama-t-il. Vous êtes le bienvenu. Croyez que je suis très honoré...

Malko le coupa. Sa carte de visite, à son vrai nom, sans titre mais avec comme raison sociale « Bethlehem Steel Company », une des plus grosses affaires de constructions navales et d'aciéries des U.S.A., faisait son effet. À cause de certains contrats, la « Bethlehem » n'avait rien à refuser à la C.I.A. Et l'autre, sentant la bonne odeur du dollar, ne se tenait plus.

Brièvement, en businessman avare de son temps, Malko expliqua l'objet de sa visite. Il ne s'agissait rien moins que de financer la « Goulendran and C° » pour l'achat de matériel en sous main. L'autre en sautait presque de joie. Malko continua :

— J'ai repéré une première affaire possible. Un pétrolier russe qui a brûlé il y a quelque temps. Je l'ai fait examiner par des experts. L'affaire est valable. Pour simplifier les choses, vous allez donc vous porter acquéreur de cette épave auprès des autorités soviétiques. Proposez un prix assez bas que l'on puisse discuter. Et voici de quoi sceller notre accord.

Tirant son chéquier, il rédigea un chèque de 2 000 dollars à l'ordre de la Société Goulendran, sur la Bank of America, Los Angeles.

— C'est une petite somme, fit-il modestement, mais j'ai des difficultés avec les autorités turques, il est difficile de faire virer de grosses sommes. Cela prendra quelques semaines.

Goulendran plié en deux, les yeux mouillés de reconnaissance, l'assura de son indéfectible dévouement. Et tant que le dollar ne serait pas dévalué, c'était vrai, Malko n'aurait pas de plus fidèle ami. C'est pour cela qu'il avait mis les 2 000 dollars dans le commerce. Ainsi, il était sûr que le Turc allait trouver les Russes pour de bon.

— Appelez-moi au Hilton dès que vous saurez quelque chose, conclut-il. Et surtout, ne parlez de ma visite à personne. Vous savez qu'on n'aime pas beaucoup les capitaux américains à l'étranger...

Le Turc repoussa de ses petites mains potelées une aussi abominable supposition. Comment pouvait-on ne pas aimer l'argent ?

Dans l'ascenseur, Malko riait tout seul en pensant à la tête des scribouillards de Washington lorsqu'ils verraient sur sa note de frais : achat d'un pétrolier russe : 2 000 dollars. Alors qu'ils ne le verraient jamais, leur pétrolier.

Malko flâna un moment avant de rentrer à l'hôtel. Il n'arrivait pas à s'habituer à l'odeur d'Istanbul faite de crasse, de pétrole, de marécage et de pistache. Il repoussa une bonne douzaine de marchands ambulants aux poches bourrées de pipes et monta dans les débris d'une Ford qui était en réalité un taxi.

La lumière rouge clignotait hargneusement sur son téléphone. Il décrocha et appela la standardiste.

— Il y a un message pour vous, dit-elle. Appelez Mlle Leila tout de suite.

Il n'eut pas le temps de le faire. On frappait à sa porte. Il alla ouvrir et fut repoussé par une tornade noire et parfumée qui hurlait :

— Où est-elle cette salope ? Où est-elle, que je lui crève les yeux ?

Elle se jeta à quatre pattes entre les lits jumeaux. Malko avala difficilement sa salive. Leila portait un fourreau de lamé noir qui était tendu à craquer mettant en valeur des hanches qui attiraient la main de l'honnête homme, comme l'aimant attire le fer.

Leila se releva et se campa devant Malko. Son décolleté était vertigineux. Malko avait l'impression que les seins allaient lui sauter à la tête. Brusquement, la danseuse changea de tactique. Elle vint se coller contre Malko et sa bouche effleura la sienne. Il avait l'impression d'être plongé dans un bain de parfum.

— Je ne te plais plus ?

En même temps elle ondulait très lentement contre lui. Une petite langue acérée vint buter contre les dents de l'Autrichien.

À tâtons, il chercha la fermeture Éclair, dans le dos.

— Non, souffla-t-elle, je la garde.

Plus tard, elle l'enleva. Parce que c'était une femme soigneuse. Et elle apparut dans une superbe guêpière noire

qui fit allonger le bras à Malko. Leila vint se blottir contre lui et réattaqua :
— Alors, elle était déjà partie ?
— Mais qui ?
— Qui ? Mais une de tes putains blondes.
— Tu es folle. Personne n'a jamais mis les pieds ici.
— Alors, pourquoi tu m'as fait garder par tes deux types ?
— Parce que j'avais peur qu'il t'arrive quelque chose.
Leila éclata de rire.
— Tu veux dire qu'ils sont là pour *me protéger* ?
— Oui. Et, à propos, comment t'ont-ils laissée partir ?
Elle rit de plus belle.
— Laissée partir ! Mais, mon chéri, je suis partie, c'est tout. Ils sont dans la salle de bains.
— Quoi ?
Malko s'était dressé tout nu. Il enfila son pantalon pendant que Leila continuait modestement :
— Ils étaient assez énervés. Alors je leur ai promis un strip-tease oriental. Mais il fallait qu'ils aient la surprise et

qu'ils me laissent m'habiller seule. Je leur ai juré sur la Bible que je ne m'en irais pas.

— Sur la Bible ! Mais tu es musulmane.

— Ils ne le savaient pas. Quand ils ont été dans la salle de bains, je me suis habillée, parfumée – je leur ai même jeté un flacon de parfum pour les faire patienter – et j'ai donné un tour de clef avant de partir.

Malko était habillé.

— Mets ta robe et viens.

Elle s'exécuta docilement, et lui offrit un dos cambré pour qu'il remette la fermeture Éclair.

Ils prirent l'ascenseur pour monter au sixième. Leila mit doucement la clef dans la serrure. La chambre était vide. Mais la porte de la salle de bains se mit à trembler sous un déluge de coups.

Espiègle, Leila tourna la clef deux fois.

La porte fut presque arrachée de ses gonds. Leur énorme colt au poing, Chris Jones et Milton Brabeck jaillirent, écarlates de rage. Ils stoppèrent pile en voyant Malko et crièrent en même temps :

— Cette, cette…

— ...danseuse, continua Leila, les mains sur les hanches.

— Bon, ça va, conclut Malko. J'ai compris. Il ne faut pas vous donner de femme à garder. Pour des cracks de la C.I.A., ce n'est pas beau. Allons dîner.

Ils dînèrent tous les quatre dehors, sur la véranda où s'était écrasé le pauvre Watson. On leur apporta des chiche-kébabs dont la flamme illumina tout l'hôtel. Après le café, les deux gorilles regardèrent Malko et Leila prendre l'ascenseur ensemble, d'un air réprobateur.

— Si on allait au ciné ? proposa Milton. On joue Cléopâtre.

Jones le foudroya.

— T'en as pas assez avec les garces pour aujourd'hui ? Moi, je vais me coucher.

La journée du lendemain fut très calme. Malko était occupé. Il reçut seulement par porteur un câble du State Department, lui enjoignant de faire l'impossible pour tirer l'histoire du *Mem-*

phis au clair. C'était d'une importance vitale.

Comme s'il ne s'en doutait pas ! Le soir, il alla dîner au restaurant en plein air, avec un orchestre style musette qui jouait des danses endiablées. Leila était ravie. Les gorilles qui, dignement, s'étaient mis à une table voisine. L'étaient moins. Ils saupoudraient tout ce qu'on leur servait d'une poudre vitaminée et bactéricide et trouvaient un drôle de goût à la bière.

Après ils tinrent à assister au numéro de Leila, ce qui les laissa sur leur faim et fit considérablement monter Malko dans leur estime.

Le lendemain matin, Malko reçut un coup de fil de Cooper.

— Nous avons fait votre petit travail, annonça l'amiral. Je vous envoie quelqu'un pour vous rendre compte. Il sera là dans une heure et viendra directement dans votre chambre.

Une heure plus tard on frappa à la porte. Malko se trouva en face d'une espèce de géant qui le dépassait de vingt centimètres, le visage tanné, le crâne rasé. Il se présenta : « Lieutenant Hill, du Marine Corps. »

— Alors ? interrogea Malko, après que son visiteur se soit assis sur le bord d'un fauteuil.

— Eh bien, j'y ai été hier moi-même avec deux de mes gars. En homme-grenouille. Nous avons plongé trois fois.

— Alors ?

Hill se frotta la joue.

— Si y'a des gens qui vous ont dit qu'on n'avait pas pu renflouer ce bateau, ce sont des menteurs.

— Pourquoi !

— Parce que votre pétrolier, je vous le sors de là en trois jours avec deux bateaux-pompes et une équipe pour boucher un trou à l'avant. Il n'est pas enfoncé dans le sable ou dans la vase pour la bonne raison qu'ici le fond est rocheux et que la coque est juste coincée entre deux rochers.

Malko était rêveur. Il objecta :

— Mais il y a une drague qui a travaillé dans le coin pendant des semaines et qui a sorti des tonnes de terre. Je les ai vues. Il y avait une fosse rocheuse qui est comblée maintenant.

Hill secoua la tête.

— Ça ne vient pas de sous le bateau. Et de toute façon, ça ne vaut pas le coup de le sortir de là, ce rafiot, il est pourri jusqu'à l'os. Si on donnait un coup de poing à travers une tôle, ça traverserait. Je ne me risquerais pas en Méditerranée avec ça. Voilà.

L'officier se leva. Malko en fit autant. Perplexe, il prit congé de son interlocuteur. Décidément, le mystère s'épaississait. Non seulement l'*Arkhangelsk* n'était pas l'*Arkhangelsk*, mais il n'était pas échoué et ne valait même pas le coup qu'on s'en occupe ! Si ça ne cachait pas quelque chose, c'était à s'arracher les cheveux.

Il fallait coûte que coûte aller voir. Mais avant il y avait encore une chance à courir. Après avoir appelé Leila, il sortit, laissant les deux gorilles assurer la protection de la jeune femme.

Une fois de plus, il sortit par la porte de service. Dehors il faisait un soleil radieux et le Bosphore avait l'air d'une carte postale.

À INSTANBUL

L'huissier barbu et sans col l'introduisit dans le petit salon et lui apporta l'inévitable tasse de thé. Mais cette fois, Malko n'attendit pas.

M. Goulendran n'était plus le même. Son visage graisseux s'était comme affaissé et ses petites mains potelées pendaient tristement le long de son corps.

— Asseyez-vous, dit-il d'une voix mourante.

— Alors, quelles sont les nouvelles ? demanda Malko, engageant.

Le petit homme leva les bras, découragé.

— C'est bien mauvais, bien mauvais. Je ne comprends pas ces Russes décidément. J'ai vu l'attaché commercial, un homme très poli et très gentil. Mais quand j'ai parlé de l'*Arkhangelsk*, je me suis heurté à un mur. Le bateau n'est pas à vendre. Il sera renfloué par le ministère de la Marine soviétique à qui il appartient.

— Vous avez insisté ?

— Si j'ai insisté ! Mais il m'a pratiquement jeté hors de son bureau tellement j'insistais. Et je lui ai offert un prix qu'aucun concurrent ne pouvait offrir, juste pour faire cette première affaire avec vous.

« J'ai même dévoilé toutes mes batteries. J'ai dit que j'avais déjà visité le bateau, qu'il était en très mauvais état, impossible à réparer, que tout était pourri. Il ne m'a même pas écouté.

— Mais, vous l'avez vraiment vu ?

— Oh, j'ai seulement été sur le pont avec deux de mes hommes. Bien sûr, il n'est pas brillant, mais, réparé, on pourrait très bien le vendre aux Grecs, ils achètent tout. D'autant plus que j'ai l'impression que le feu n'a pas causé tellement de dégâts. J'ai remarqué…

Le téléphone sonna. Et Goulendran entama une interminable discussion en turc au sujet d'un dock flottant qui ne flottait plus et qui aurait dû flotter. Lui, Goulendran, ne pouvait rien contre la volonté de ce dock qui s'obstinait à rester entre deux eaux. Après tout, on pouvait très bien y travailler, les ouvriers n'ayant de l'eau que jusqu'à la ceinture.

Goulendran raccrocha enfin, épuisé. Il avait dû convaincre son interlocuteur,

À INSTANBUL

car il ébaucha un pâle sourire. Mais Malko n'avait plus de temps à perdre.

— Vous devriez tenter encore votre chance, dit-il, en écrivant directement au ministère soviétique à Moscou. L'homme qui vous a répondu n'est peut-être qu'un petit fonctionnaire sans autorité qui a voulu faire du zèle.

Le Turc sauta sur l'occasion et assura que cette lettre partirait le jour même. Une chance inespérée de sauver les 2 000 dollars.

Un peu déçu, Malko prit congé. Ç'aurait été trop beau. Toutes les possibilités se réduisaient à une seule : visiter ce fichu pétrolier sans valeur auquel tout le monde s'intéressait tant. En sortant de l'ascenseur, il aperçut dans le hall de l'immeuble un visage qui lui dit quelque chose. Une belle tête noble d'ailleurs. L'homme attendait le second ascenseur, une serviette à la main.

Malko chassa la tête de son esprit. Il avait d'autres chats à fouetter. D'abord organiser l'expédition sur l'*Arkhangelsk*. Il reprit un taxi jusqu'au Hilton. Krisantem, toujours affairé à polir la Buick, lui jeta un regard noir, lui reprochant et son manque de confiance et le manque à gagner.

Les deux gorilles jouaient aux cartes dans la chambre voisine de Leila, en bras de chemise et holster. Un Colt 45 était démonté sur le lit. Malko s'assit à côté.

— Messieurs, j'ai besoin de vous.

Jones et Brabeck se redressèrent, consciencieux comme le glaive de la justice.

— Nous allons explorer l'*Arkhangelsk* demain soir. Je veux en avoir le cœur net. Il me faut un bateau, une échelle de corde, un grappin avec une longue corde, et des lampes électriques, plus, bien entendu, votre aide. Je ne veux pas alerter les Turcs. D'ailleurs, pour le bateau, je vais m'en charger. Occupez-vous du reste.

Malko alla ensuite chez Leila. Elle était encore couchée. Il lui expliqua ce qu'il voulait. Elle le regarda, intriguée.

— Tu fais vraiment de drôles de choses, mon chéri.

L'Autrichien mit un doigt sur ses lèvres en souriant.

— Moins tu en sauras, mieux ça vaudra, pour toi.

— Bon, tu auras ton bateau et trois hommes demain. Ce sont des types bien, des pilleurs professionnels. Ils écument tous les bateaux à l'ancre dans le Bosphore. Mais tu peux avoir confiance en eux.

— Sûr ?

— Sûr. L'un d'eux est mon cousin. Il ferait n'importe quoi pour moi.

— Ah bon. Tu...

— Non. Mais il voudrait bien et espère toujours.

Il la quitta sur un chaste baiser et retourna dans sa chambre pour rédiger un long télégramme pour Washington, expliquant où il en était. Après, il s'étendit sur son lit et s'endormit.

La sonnerie du téléphone le réveilla. C'était Ann. Elle s'ennuyait.

— Vous ne m'appelez pas, minauda-t-elle. Qu'est-ce qu'il se passe ? Est-ce que cette... créature est toujours avec vous ?

Malko lui assura que la créature se portait bien et commença à marivauder, pour la plus grande joie du mannequin.

À ISTANBUL

— Et si j'allais vous rejoindre ? hasarda-t-il, très gamin.

— Oh, Malko, soupira Ann. Je ne suis même pas habillée. J'ai juste une combinaison et mes bas. Je me préparais à me coucher.

— Eh bien, justement...

Ann roucoulait et Malko plissait ses yeux d'or de contentement en pensant aux longues jambes de la jeune fille. Et, tout à coup, une idée vint le frapper comme un coup de poing. Le type de l'ascenseur ! C'était le pope qui avait couvert la fuite de l'assassin d'Omar.

— Nom de Dieu, le curé ! rugit-il.

— Quoi ? fit Ann.

— Excusez-moi, je vous rappellerai, bredouilla-t-il.

Il raccrocha et composa aussitôt le numéro du bureau de Goulendran. Pas de réponse.

Malko se rua sur un annuaire. Il était déjà peut-être trop tard. Par chance, Goulendran était dans l'annuaire. Et il n'y en avait qu'un. Malko prit note mentalement de l'adresse et appela la chambre des gorilles. Pas de réponse.

À INSTANBUL

Il les trouva à la cafétéria, arrosant leur hamburger de poudre bactéricide.

— On y va, dit Malko. Et vite.

Ils ne demandèrent pas où. Pivotant d'un seul geste sur leurs tabourets, ils emboîtèrent le pas à Malko.

Krisantem était là. Malko lui donna l'adresse et ils prirent place dans la voiture.

— Vite, fit Malko.

Ce n'était pas très loin. Dans le haut d'Istanbul, une petite villa dans une grande avenue déserte et sombre qui rejoignait la route d'Ankara. Sans la lampe de Jones, ils auraient mis trois heures à trouver le numéro.

La maison était plongée dans l'obscurité. Malko ignorait si Goulendran était marié ou non. Il n'avait pas vu d'alliance à son doigt, mais ça ne voulait rien dire. Dix heures cinq.

— J'y vais seul, dit-il. Vous deux, restez dans le jardin. Si quelqu'un essaie de filer, visez les jambes. D'ailleurs, il n'y a peut-être rien du tout.

Il poussa la barrière de bois qui s'ouvrit facilement. Le gravier de l'allée crissa sous ses semelles. Il ne voyait déjà plus Brabeck et Jones qui étaient sortis de la voiture sur ses talons, avec un regard menaçant pour Krisantem.

La sonnette ne marchait pas. Il n'entendit aucun bruit provenant de l'intérieur. Il frappa. Rien. Il frappa de nouveau. Toujours rien. Il essaya le bouton de la porte qui tourna en grinçant un peu. Une odeur de moisi un peu aigre lui sauta au visage. Goulendran devait être célibataire.

— Monsieur Goulendran ?

Sa voix n'éveilla aucun écho. À tâtons, il trouva un bouton électrique et le tourna. L'entrée s'éclaira. Il n'y avait qu'un portemanteau.

Trois portes donnaient sur l'entrée. L'une était entrouverte. Malko la poussa et entra dans une pièce obscure. Tout de suite, une odeur le prit à la gorge, une odeur qu'il connaissait bien, à la fois fade et écœurante.

Il alluma. Le bouton était près de la porte. C'était un bureau. Au fond de la pièce, à la suite d'un grand tapis oriental, se trouvait un grand bureau en marqueterie, encombré de papiers.

À INSTANBUL

M. Goulendran était assis dans un fauteuil au très haut dossier, la tête affalée sur le bureau, comme endormi. Mais il était torse nu et une grosse tache brune s'étalait autour de sa tête. Il était aussi mort qu'on peut l'être.

Malko retourna à l'entrée et siffla doucement. Jones sortit de l'obscurité, le colt à la main. Malko lui fit signe de le suivre.

Les deux hommes contournèrent le bureau. Malko posa le dos de sa main sur l'épaule de Goulendran. Il n'était pas mort depuis plus d'une heure.

Il était ligoté dans son fauteuil comme sur une chaise électrique, les deux pieds attachés à ceux du fauteuil avec du câble électrique, la taille ficelée par le même moyen. Un bras était encore attaché au fauteuil, l'autre était posé sur le bureau.

Jones essaya de soulever la tête par les cheveux. Elle résista puis vint lentement en arrière : elle était littéralement collée au bureau par le sang. Une énorme coupure la séparait presque du tronc. Le Turc avait été égorgé comme un porc. Le sang avait coulé et imprégné le tapis. Mais, avant de mourir, Goulendran ne s'était pas amusé.

— Regardez, fit Malko, la voix blanche.

Sur le dessus des mains, sur les épaules, la poitrine, il y avait partout des petites taches rondes et noirâtres. Et, dans un cendrier, trois mégots de cigares avaient été écrasés.

— On a voulu lui faire avouer quelque chose, soupira Jones. Pauvre type !

Il ferma les yeux du Turc.

— Allons-y, fit Malko sombrement. Ses yeux d'or n'étaient plus que deux traits. Lui, savait pourquoi on avait torturé Goulendran. Parce qu'il avait mis les pieds sur l'*Arkhangelsk*. Le bateau qu'ils allaient visiter le lendemain.

Tout cela devait être bien important, leurs adversaires n'hésitant pas à éliminer tous ceux qui touchaient à ce maudit bateau.

CHAPITRE XIV

Le crochet rebondit sur les tôles avec un bruit épouvantable et retomba dans l'eau. Le Turc hala rapidement la corde, l'enroulant autour de son bras gauche, récupéra le croc et prit son élan.

Cette fois le grappin accrocha quelque chose de solide, une rambarde du bastingage probablement, et ne retomba pas. Le Turc tira plusieurs fois sur la corde, et se tourna vers Malko en souriant de toutes ses dents. Il avait déjà l'échelle de nylon accrochée à la ceinture. Mais quand il prit son élan pour saisir la corde le plus haut possible, la barque faillit chavirer.

Elle était collée contre le flanc de l'*Arkhangelsk*, côté Bosphore et on ne pouvait les voir de la terre. Mais ils étaient à la merci d'une patrouille de la police fluviale turque.

— Vite, souffla Malko.

Le Turc disparut dans le noir, en gigotant comme un pendu. Il se hissait à la force des poignets tirant l'échelle de nylon. Avec Malko, il y avait deux autres Turcs qui n'avaient pas dit un mot jusque-là et Chris Jones. En plus de son colt il avait un walkie-talkie, lui permettant de garder le contact avec Brabeck resté sur l'autre rive. Au cas où cela tournerait mal.

Les deux Turcs devaient être armés à voir les bosses que faisaient leurs chemises. Ou bien alors c'étaient des monstres.

L'échelle s'agita. L'autre était arrivé en haut et tout allait bien. Malko empoigna les filins qui lui coupaient déjà les mains et commença son ascension. Heureusement les barreaux étaient en bois et nylon. Mais il avait beaucoup de mal à décoller les barreaux de la tôle rouillée de l'*Arkhangelsk*. La paroi noire semblait vertigineusement haute. Le nylon s'enfonçait dans les paumes de Malko, à travers l'épaisseur des gants. Deux fois son pied glissa et il se cogna le front à la tôle.

Il préférait ne pas se retourner. Une sueur abondante lui coulait des aisselles et tous ses muscles lui faisaient mal. Enfin une main sale se tendit vers lui. Il reprit sa respiration, couché sur le pont de l'*Arkhangelsk*.

Un quart d'heure plus tard, tout le petit groupe était à plat ventre sur le pont, la barque solidement amarrée au pétrolier.

Malko chercha à s'orienter. Ils étaient à l'avant du pétrolier, le long d'un long panneau de cale arraché par les flammes. La dunette, par où on pouvait pénétrer à l'intérieur du navire était à l'arrière. À quatre pattes, les cinq hommes se mirent en route, au milieu d'un enchevêtrement de débris de toutes sortes.

Jones essaya sa radio. Brabeck répondit tout de suite. Tout était O.K.

— La nuit était sombre et on n'y voyait goutte. Malko se cogna douloureusement les genoux plusieurs fois sur des rivets dépassant du pont.

Il avait interdit qu'on allume les lampes tant qu'ils étaient sur le pont.

À ISTANBUL

Ils atteignirent enfin la dunette. Un à un, ils se laissèrent glisser le long d'une échelle presque verticale. Le trou noir dans lequel ils descendirent était une pièce aux murs métalliques entièrement vide. Une autre échelle descendait dans les entrailles du navire. Le groupe continua à descendre, pour parvenir finalement à la salle des machines. Il n'y avait pas de hublot et Jones alluma sa lampe.

Les machines étaient recouvertes d'une épaisse couche de poussière et le feu avait détruit des pièces entières laissant des traînées noires de plastique fondu. Pendant près d'une demi-heure Malko se promena dans les entrailles de l'*Arkhangelsk*, grimpant des échelles, suivant des coursives encombrées et parvenant jusqu'aux cales. Ils traversèrent un des réservoirs de pétrole, défoncé par une explosion. Une couche noirâtre recouvrait presque toutes les tôles.

Mais tout était désespérément normal. Dans l'état où se trouve un navire détruit.

C'est Jones qui fit la découverte. Il promenait sa lampe électrique le long des cloisons quand il tomba en arrêt devant un tube courant le long de la coursive. Alors que tout était noir, le tube, lui, était brillant et neuf. Jones appela Malko.

— Regardez.

Les deux hommes tâtèrent le tube. Visiblement il avait été posé *après* l'incendie. Le tube tournait à angle droit et plongeait dans l'obscurité vers le fond du navire. Les deux hommes le suivirent. Pendant ce temps les trois Turcs cherchaient sans succès quelque chose à piller. Il n'y avait que des machines trop lourdes pour être transportées.

Le tube les mena devant une porte qu'ils avaient prise pour l'entrée d'un réservoir. Elle était aussi sale que le reste et fermée. Malko et Jones en explorèrent soigneusement la surface sans découvrir la moindre poignée. La porte ressemblait à l'ouverture d'un compartiment étanche et n'allait pas jusqu'au sol.

Jones donna plusieurs coups de poing dans la porte sans même l'ébranler.

— Suivons le câble dans l'autre sens, proposa Malko, on va bien voir.

Ils remontèrent jusqu'à la salle située en dessous de la dunette. Le câble disparaissait dans un creux de la paroi. Malko passa la main et sentit plusieurs boutons sous ses doigts. Il en poussa un. Il résista. Le second s'enfonça, en faisant sortir un autre.

Rien ne se produisit.

Finalement, il laissa le bouton enfoncé.

— Redescendons, dit-il à Jones. On ne sait jamais.

Les trois Turcs, les regardèrent, bouche bée. Malko leur dit d'attendre là.

Après s'être perdus trois fois, ils arrivèrent devant la porte. Elle était ouverte.

Malko l'examina de près. Toute la bordure était doublée d'un épais caoutchouc, tout neuf. Et sur la face intérieure la peinture grise luisait de propreté.

La lampe de Jones éclaira un commutateur. Il le tourna. La pièce s'éclaira. Stupéfaits, les deux hommes se trouvaient dans une cabine peinte en gris, très propre. Dans un coin, il y avait une batterie de gros accumulateurs posés à même le plancher. À côté un groupe électrogène. Une autre porte était ouverte, au fond de la pièce.

— Attention à la porte, dit Jones.

— Pas de danger, dit Malko. Elle est commandée par le bouton que j'ai poussé.

Ils continuèrent leur exploration.

— Incroyable, murmura Malko.

Dans un coin, plusieurs combinaisons d'hommes-grenouilles s'entassaient avec tout un assortiment de bouteilles. Des caisses fermées gisaient non loin de là, ainsi que quelque chose qui ressemblait à une torpille, terminée par une hélice et une sorte de guidon de bicyclette. Il y avait de petites ailes de chaque côté de la torpille.

Malko réfléchissait, il avait déjà vu cela quelque part. C'était un véhicule sous-marin pour hommes-grenouilles. Cela permettait, soit de se déplacer très vite, soit de transporter de lourdes charges. En tout cas, certainement pas le genre d'engin utile à un dragage.

Le gorille examinait soigneusement le matériel. Il revint vers Malko tenant une palme en caoutchouc à la main.

— Aucune marque nulle part, annonça-t-il. Même pas de numéros de série.

— Il fallait s'en douter. Mais, il manque quelque chose ici.

— Quoi ?

— La sortie. Tout ce matériel, c'est fait pour servir sous l'eau, pas dessus. Donc il doit bien y avoir quelque part un moyen de communiquer avec l'eau. Une trappe, un sas, comme dans un sous-marin.

Les deux hommes se mirent fiévreusement à déplacer les caisses et le matériel. Et cinq minutes plus tard, ils avaient trouvé : une ouverture carrée dans le plancher, fermée par d'énormes vis à poignées.

Jones dévissa les six vis.

Le panneau pivota vers le bas, découvrant une échelle qui reposait sur le plancher d'une pièce obscure. La lampe entre les dents, Jones descendit le premier, Malko sur ses talons.

Ils se retrouvèrent dans une sorte de boîte en acier, de quatre mètres de côté dans laquelle ils pouvaient tout juste tenir debout. Il n'y avait comme ouverture que la trappe par laquelle ils étaient entrés et une autre, identique, sur le sol.

La lampe de Jones éclaira deux ouvertures carrées, comme des bouches d'aération, au ras du sol métallique.

— C'est un sas, dit Malko, en les montrant à Jones. C'est par là qu'ils font entrer et qu'ils évacuent l'eau. Il doit y avoir des pompes quelque part. Cette pièce se remplit d'eau et les hommes-grenouilles n'ont plus qu'à ouvrir la trappe dessous et à se laisser glisser au fond avec leur matériel. Pour un vieux pétrolier, c'est une sacrée installation.

— Mais, à quoi ça peut bien servir, tout ça ?

Malko jouait à enfoncer son pied dans l'ouverture carrée. Il sourit.

— Je commence à m'en faire une petite idée. Ce pétrolier est une base flottante pour hommes-grenouilles. Éventuellement ce serait un excellent contact pour un sous-marin russe qui n'aurait qu'à venir se poser au fond du Bosphore, près du cargo. Mais il y a peut-être autre chose de plus énorme encore.

— Quoi ?

— Il faut que je vérifie. De toute façon, filons d'ici. C'est à Cooper de jouer maintenant. Il faut qu'il explore tout le coin en douce. Pour l'instant, légalement, on ne peut rien faire. Allez, remontons.

À regret, ils escaladèrent la petite échelle et se retrouvèrent dans la grande pièce.

Il leur fallut près de dix minutes pour remonter jusqu'à la dunette. Les trois Turcs étaient couchés à même le sol et attendaient. Ils n'avaient trouvé que quelques bouts de tuyaux de cuivre et semblaient complètement dégoûtés. Malko, avant de donner le signal du départ, appuya sur le bouton pour refermer la porte du bas. Inutile de laisser sa carte de visite.

— Tout est O.K., annonça Jones dans sa radio.

Brabeck accusa réception. À la queue leu leu, ils s'engagèrent sur le pont. Les étoiles s'étaient cachées derrière d'épais nuages et on n'y voyait goutte.

— J'espère que le bateau nous a attendus !

Malko n'eut pas le temps de répondre. L'enfer se déchaîna. Les trois Turcs tombèrent comme des quilles, le premier presque coupé en deux par une rafale d'arme automatique.

Une balle arracha la radio de la main de Jones, criblant son visage d'éclats de bakélite.

Malko ressentit un choc violent à la poitrine et fut projeté en arrière contre une cloison. Il glissa par terre, évanoui.

Plusieurs balles ricochèrent encore sur la tôle du pont. Il y avait au moins deux armes qui tiraient.

Accroupi derrière une manche à air, Jones serrait inutilement son colt. Il n'y voyait pas à trois mètres. Il posa son arme et rampa en direction de Malko étendu sur le pont.

Une grêle de balles l'encadra, l'assourdissant de ricochets. Heureusement il était protégé par une rambarde, et à condition de ramper, il ne risquait rien. Il parvint à saisir Malko par le col de sa veste et le tira jusqu'à ce qu'il l'ait amené vers lui, à l'abri.

L'Autrichien respirait mais il était évanoui. Il n'y avait aucune trace de sang sur lui. Jones le gifla, il reprit connaissance.

Au même moment, une rafale balaya le pont, là où les Turcs étaient tombés. Jones entendit le bruit mat des balles s'enfonçant dans les corps. L'un tressauta. Il n'était pas mort.

— J'ai mal, soupira Malko.

Il se tâta.

— Vous êtes blessé ? demanda Jones.

— J'ai senti quelque chose à la poitrine. C'est tout. Maintenant, ça va. Il faut nous sortir d'ici. Je ne saigne pas.

Accroupis derrière leur manche à air les deux hommes guettaient dans l'obscurité.

— Pourvu que Milton ait entendu le pétard, soupira Jones. Essayons d'y aller maintenant.

À quatre pattes, il s'engagea sur le pont. Il y avait un espace découvert d'une dizaine de mètres à parcourir avant d'être à nouveau protégé par un rebord métallique.

La première balle rata sa tête de dix centimètres. Deux autres miaulèrent près de sa main posée sur le pont. Cette fois, ils tiraient avec un fusil. Jones se retira précipitamment. Au même instant, il y eut un sifflement très doux et un objet métallique heurta le pont. Une violente explosion secoua l'*Arkhangelsk*. Des morceaux de ferraille volèrent dans tous les coins.

Aplatis, Malko et Jones sentirent des tas de débris tomber autour d'eux.

— Nom de Dieu, mais c'est la guerre, gueula Jones.

— Non, c'est une grenade. Lancée par un fusil probablement, fit Malko. Ils veulent notre peau.

— Mais comment font-ils pour nous repérer ?

— Ils ont des lunettes infrarouges.

Malko saisit un bout de bois et le promena au-dessus de la rambarde.

Une grêle de balles s'abattit sur le bout de bois qui fut arraché des mains de Malko. Deux grenades explosèrent encore à l'avant, trop loin pour les atteindre, une, en plein sur les trois Turcs. Ceux-là, ils étaient bien morts.

— Ça sent mauvais, murmura Jones.

Soudain, ils entendirent un bruit qui les glaça tous les deux : un moteur pétaradait près du pétrolier.

— Ils viennent nous chercher. Mais, bon sang, qu'est-ce que fout Milton ?

Il y eut un bruit métallique loin derrière. Jones leva la tête. Une balle s'enfonça dans le bastingage de bois. Au même moment un grand cargo défilait tous feux allumés à cent mètres d'eux.

— Écoutez, souffla Jones.

Quelque chose avait bougé près du panneau de la cale avant. Jones avança la tête. Il ne voyait personne mais il sentait une présence. Il leva doucement son arme et appuya deux fois sur la détente, visant la plage avant du pétrolier.

Il y eut un cri. Puis une mitraillette aboya et une nouvelle grêle de balles passa au-dessus des deux hommes. Cette fois, ils étaient pris en sandwich. Impossible de traverser le pont pour sauter à l'eau et ceux de l'avant allaient les prendre à revers.

Rageusement, Jones mit un nouveau chargeur dans son colt. Écarquillent les yeux, il cherchait à percer l'obscurité. Ceux qui se trouvaient à terre ne tiraient plus mais devaient les guetter.

— Filons à l'intérieur, proposa Malko. On gagnera un peu de temps. Et au moins, on n'aura plus affaire qu'à ceux du pont.

En rampant sur les coudes et les genoux ils parvinrent à l'ouverture de la dunette, s'attendant à recevoir une balle dans le dos à chaque instant. Avec soulagement ils se laissèrent glisser le long de l'échelle rouillée.

À tâtons, ils gagnèrent une seconde pièce et s'aplatirent contre un mur.

Il ne se passa rien pendant quelques secondes puis plusieurs rafales de coups de feu claquèrent. Les autres ne prenaient pas de risques.

La première grenade éclata tout de suite après. Ils l'avaient balancée du pont. Il y en eut une autre qui explosa avec un bruit sourd. Aussitôt une odeur âcre s'insinua dans la coursive.

— Une grenade lacrymogène !

Ils allaient être enfumés.

— Descendons encore.

Au moment où Malko décollait de la cloison, une courte rafale partit de l'autre bout de la coursive. Un de leurs agresseurs était descendu par l'avant et les guettait du bas.

— Écoutez, fit Jones, je vais y aller, sur ce gars. Même s'il m'allume je l'aurai avant. Vous aurez le temps de descendre. Allez vous planquer dans la salle des machines. Il leur faudra un bout de temps pour nous trouver.

— Pas question, fit Malko. On s'en tire ensemble ou pas.

Il se maudissait de s'être laissé enfermer dans ce piège. Il fallait que l'enjeu soit fichtrement important pour que les autres prennent des risques pareils. Le fusil-mitrailleur, ce n'est pas très discret. Soudain, une voix cria en turc, du haut :

— Sortez, les mains en l'air. Nous vous remettrons à la police. Sinon vous allez être abattus.

Puis, presque aussitôt, un fusil-mitrailleur ouvrit le feu, de la trappe. Il tira deux chargeurs, coup sur coup, puis se tut. Et Malko entendit un frottement dans la cabine voisine : un type avait descendu l'échelle sous la protection du feu. Et il allait les cueillir à la grenade !

— Tant pis, j'y vais, dit Jones.

— Attendez !

De très loin, Malko venait de saisir un son amené par le vent.

Il tendit l'oreille. Rien. À côté il y eut un craquement. Puis le son se fit entendre plus fort.

Une sirène de police ! Puis une autre, et une autre ! Le hurlement devint strident et ininterrompu. Une colonne entière de voitures montait la colline, sur la rive asiatique, la leur.

Une voix cria en turc. Il y eut une galopade précipitée sur le pont. Quelqu'un escalada l'échelle. Jones se précipita. Malko le rattrapa.

— Pas la peine de risquer un mauvais coup maintenant.

Ils attendirent encore cinq bonnes minutes collés à leur cloison. Puis la voix métallique d'un haut-parleur éclata sur le pont :

— Sortez les mains sur la tête, un par un.

Au même instant, une lumière blanche balaya le pont. Lentement Malko et Jones grimpèrent l'échelle. Malko le premier fut ébloui par le faisceau d'un projecteur braqué sur la sortie de l'échelle.

À INSTANBUL

Il se dirigea lentement vers le bastingage, côté terre, Jones sur ses talons.

— Descendez l'échelle, cria le haut-parleur.

Cinq minutes plus tard ils étaient accueillis par Brabeck, mitraillette au poing et hilare.

— On est arrivé juste, hein ? fit-il. Mais ça n'a pas été facile de remuer les Turcs. Heureusement qu'il y avait notre colonel.

— Ne perdons pas de temps, dit Malko. Ils sont partis. Il n'y a plus que trois cadavres sur le pont.

Le colonel mit aussitôt une voiture à leur disposition pour rentrer à l'hôtel.

— Quand j'ai entendu le F.-M. j'ai compris que c'était sérieux.

— Heureusement que tu comprends vite, conclut Jones.

Malko tâta son portefeuille et le sortit de sa poche. Quelque chose le gênait. Il comprit tout de suite. Une balle était enfoncée dans le cuir et l'épaisse liasse de papiers. La balle dont le choc l'avait jeté à terre et qui aurait dû le tuer.

CHAPITRE XV

Les premiers rayons du soleil rosissaient le Bosphore. Jones et Brabeck étaient étendus tout habillés, le col défait, pas rasés, côte à côte, sur le même lit. L'amiral Cooper, en civil, faisait les cent pas en fumant un cigare nauséabond, l'air furieux.

Malko, encore plus sale que Jones, le visage maculé de crasse et de rouille, les mains écorchées, était dans ses petits souliers.

— J'ai fait une gaffe, avoua-t-il. Nous aurions dû venir avec des hommes-grenouilles, puisque je me doutais que ça se passait sous l'eau. Maintenant nous leur avons donné l'éveil.

— À qui ? coupa Cooper.

— À ceux qui ont transformé un innocent pétrolier en base d'opération pour hommes-grenouilles, avec un matériel ultramoderne. Ce n'est pas pour chercher des pièces au fond du Bosphore. À ceux qui ont déjà tué plusieurs fois pour éviter qu'on découvre la vérité. Et je suis persuadé que le chiffonnier, Belgrat, a été assassiné, lui aussi.

— Voulez-vous dire..., commença Cooper.

— Qu'il ne faudrait pas perdre une minute pour envoyer vos hommes explorer le dessous de l'*Arkhangelsk* et les alentours. Avant que les autres aient le temps de faire disparaître tout ce qu'il y a de compromettant.

— Qu'est-ce qu'ils vont trouver ?

— Je n'en sais rien. Vous connaissez la situation aussi bien que moi. Il y a un sas au fond de l'*Arkhangelsk* par lequel peuvent passer des hommes-grenouilles. Il faut savoir où ils vont et ce qu'ils font. Et on saura du même coup, ce qui est arrivé au *Memphis*.

— Bien, fit Cooper. Je m'y mets tout de suite. Mais il vaut mieux qu'on trouve quelque chose. On n'est pas encore en guerre avec les Russes. Et ça pourrait barder pour nous.

Malko soupira.

— Vous ne vous êtes jamais demandé d'où venaient les tonnes de terre que la drague louée par Belgrat a drainées pendant des semaines ? Étant donné que l'*Arkhangelsk* repose sur un fond rocheux... J'ai l'impression que vous allez tomber sur quelque chose de surprenant...

L'amiral regarda Malko, incrédule. L'Autrichien continua :

— Je crois savoir comment ils ont failli nous avoir ce soir. Le bouton qui ouvre le compartiment secret de l'*Arkhangelsk* doit actionner en même temps un émetteur-radio à ondes courtes qui donne l'alarme quelque part. Et si notre ami Brabeck n'avait pas agi si vite, vous n'auriez plus jamais entendu parler de nous.

Épuisé, Malko se tut. Brabeck et Jones s'étaient endormis et ronflaient. Cooper tendit la main à l'Autrichien.

— À bientôt. Je vous tiens au courant.

À peine avait-il refermé la porte que Malko tombait endormi sur son lit.

À ISTANBUL

Elko Krisantem, aussi, avait dormi, mais mal. On l'avait réveillé très tôt. L'entrevue avec le Russe avait été courte et dépourvue d'aménité. Elko avait eu à choisir entre une besogne très, très délicate et un chargeur dans le ventre, tout de suite.

Il avait choisi le sursis, s'était habillé, et avait mis le cap sur le Hilton. Heureusement pour sa tranquillité d'esprit, il n'était pas encore au courant de la fusillade de l'*Arkhangelsk*. Il savait seulement que M. Doneshka voulait se débarrasser de Malko Linge à tout prix et vite. Et lui, Krisantem, était chargé du travail...

Pendant ce temps-là, Malko dormait du sommeil du juste. Il se réveilla tout seul à huit heures, parce qu'il avait laissé les rideaux ouverts. Les deux gorilles dormaient encore, serrés tendrement l'un contre l'autre.

On frappa à la porte.

Malko ne répondit pas. Les femmes de chambre vérifiaient souvent ainsi si la chambre était occupée. Mais on frappa encore, quatre petits coups insistants.

— Qu'est-ce que c'est ? demanda Malko.
— C'est Krisantem, répondit-on derrière la porte.
— Qu'est-ce que vous voulez ?
De l'autre côté de la porte, la voix était tendue et inquiète. Malko fut traversé d'un affreux pressentiment quand Krisantem précisa :
— C'est Mlle Leila. Elle a besoin de vous.
— Bon sang !
Et les gorilles qui ronflaient ! On avait dû l'enlever. Malko bondit et ouvrit la porte.

Ensuite, tout se passa en une fraction de seconde. Malko se trouva nez à nez avec la pétoire de Krisantem braquée sur son estomac. Il vit l'index du Turc se crisper sur la détente.

Il n'y avait pas vingt centimètres entre le bout du canon et le ventre de Malko. Il voyait distinctement le bout fileté et rond de la culasse, le cran de mire en demi-lune et sur la droite, le cran de sûreté.

Le cerveau de Malko travaillait à toute vitesse. Cette fois si sa mémoire le trahissait, c'était terminé. Le petit trou noir du canon le regardait. La détente était à mi-course. Dans une fraction de seconde la balle de 9 mm allait déchirer Malko.

Krisantem ne vit même pas le geste. La main gauche de Malko s'était posée sur le pistolet. Son pouce repoussa en arrière le cran de sûreté. Le Turc appuya de toutes ses forces sur la détente.

Trop tard. Elle était bloquée.

Un instant, les yeux d'or de Malko rencontrèrent le regard affolé de Krisantem. Il n'avait pas oublié comment fonctionnait un vieux Star 9 mm.

Il tira à lui en tordant. Le Turc poussa un cri de douleur et lâcha l'arme qui tomba. Le couloir étroit empêchait toute lutte. Krisantem comprit que s'il voulait utiliser sa force pour étrangler proprement Malko, il lui fallait de la place.

D'une poussée violente il catapulta Malko dans la chambre et plongea la main dans sa poche pour prendre son lacet, tout en fonçant en avant.

Il arriva en vue des lits juste pour voir Malko atterrir sur les deux gorilles et les

À INSTANBUL

trois hommes tomber en une mêlée confuse dans la ruelle du lit. Le lacet était dépassé. Un instant, le malheureux Krisantem resta pétrifié par sa malchance. Jamais, il n'aurait pensé qu'un monsieur aussi convenable puisse partager sa chambre avec deux individus pareils.

La seconde suivante les gorilles bondissaient.

Ils s'étaient réveillés vite. Krisantem tourna les talons.

— Stop ! hurla Brabeck.

Jones, mal réveillé, ne dit rien, il avait la bouche pâteuse. Mais la balle de son 357 magnum s'enfonça à deux centimètres du bouton de la porte que Krisantem lâcha instinctivement.

— Ne le tuez pas ! cria Malko.

Le Turc se tourna à moitié et reçut la crosse de Brabeck en plein sur la tempe. Pour faire bon poids, le gorille lui balança encore un coup sur le menton, avec le canon. Elko eut l'impression qu'il recevait une caisse sur la tête et qu'on lui avait arraché toutes les dents de devant. Il esquissa un geste, puis glissa le long de la porte. La dernière chose qu'il vit fut la chaussure délacée de Brabeck.

Lorsqu'il se réveilla, il était étendu sur un des lits, amarré par les mains et les pieds aux montants par des menottes. Jones le giflait méthodiquement en prenant bien soin que sa chevalière accroche chaque fois le menton tuméfié du Turc.

Krisantem essaya de bouger la tête et poussa un cri. Brabeck eut un bon sourire et proposa, jovial :

— Qu'est-ce qu'on fait, patron, on le balance tout de suite par la fenêtre ou on le travaille un peu d'abord ?

Le Turc le regarda avec des yeux de poisson.

— Il va t'arriver un accident, continua Brabeck. Juste comme à Watson. Tu te souviens de Watson, celui que tu as accidenté ?

Krisantem essaya de dire qu'il n'était pour rien dans « l'accident » mais cela lui faisait vraiment trop mal de bouger la tête, et c'est avec fatalisme qu'il attendit l'inévitable balle dans la tête ou le plongeon.

À INSTANBUL

Mais Malko en avait décidé autrement. Il vint s'asseoir près de Krisantem. Il avait eu le temps de se raser et de mettre une chemise propre. Il regarda le Turc avec insistance.

— Vous savez que j'aurais le droit de vous tuer ou de vous livrer à la police, à notre ami le colonel.

Ce n'était pas une perspective réjouissante. Les cris qui sortaient régulièrement des caves de la police secrète avaient fait baisser le prix des loyers dans tout le quartier.

— Je vais vous laisser une dernière chance, continua Malko. À deux conditions. D'abord que vous nous racontiez *tout* votre rôle exact dans cette histoire. Sans rien oublier...

Le Turc opina de la tête.

« ... et qu'à partir de maintenant vous nous soyez entièrement dévoué. C'est-à-dire que vous trahissiez votre ancien employeur. Sans qu'il s'en doute, ce qui vaut mieux pour vous, de toute façon...

— Moi je trouve qu'une balle dans sa mignonne petite gueule ça serait beaucoup plus sûr, coupa Brabeck. Et je suis volontaire.

— Allons, allons, laissez-le réfléchir, dit Malko. Il peut encore servir.

C'était tout réfléchi. Krisantem secoua la tête autant qu'il le pouvait.

— Bon. Alors, je vous écoute, continua Malko. Et n'oubliez rien.

Réconforté par un grand verre d'eau, Krisantem parla près d'une heure. Malko enregistrait comme un magnétophone. Quand le Turc eut terminé Malko ordonna :

— Détachez-le.

À Krisantem, il conseilla :

— Vous allez dire à votre employeur que vous n'avez pas pu m'abattre parce que je n'étais pas seul. Il faut qu'il ne se doute de rien. Et puisque vous continuez à être mon chauffeur ce sera facile de me tenir au courant.

Il se tourna vers Jones, pendant que Krisantem massait ses poignets.

— Rendez-lui son arme. Et ne boudez pas. Il peut être beaucoup plus utile comme ça. Ayez simplement l'œil sur lui.

— Ça...

Le Turc rempocha sa pétoire, toujours au cran de sûreté. Un peu tendu, il salua

À INSTANBUL

et sortit. Le soleil commençait à taper fort sur les vitres. Malko décrocha pour commander du thé.

On frappa à la porte. Avec un ensemble touchant Milton et Chris firent jaillir leur artillerie. La porte s'ouvrit brusquement et l'amiral Cooper sursauta devant les armes braquées. Il foudroya les trois hommes du regard.

— Vous êtes devenus fous ?

Penauds, les gorilles rengainèrent. Cooper n'avait pas la réputation d'avoir bon caractère. Malko s'excusa en quelques mots.

Cooper s'assit et dit alors :

— Nous avons fait une découverte intéressante.

CHAPITRE XVI

— À propos du *Memphis* ? demanda Malko.
Cooper inclina la tête.
— Je sais maintenant par qui le *Memphis* a été coulé et pourquoi.
— Alors ?
Malko était sur le gril.
— Voilà : mes hommes ont trouvé un trou.
— Un trou ?
— Un tunnel, si vous préférez. L'amiral s'arrêta un instant pour donner plus de poids à ses paroles. Les Russes ont creusé le Bosphore, *sous* le filet anti-sous-marin. L'autre bout du tunnel aboutit en mer Noire. De là, il n'y a plus qu'à mettre le cap sur Sébastopol. C'est un travail gigantesque. Le tunnel a cent mètres de long. Au départ et à l'arrivée il

se présente comme une tranchée profonde d'une vingtaine de mètres. Le tunnel doit avoir dix-huit mètres de haut... C'est suffisant. Il y a bien dix mètres de largeur. Voilà d'où venait la terre. 20 000 mètres cubes.

Malko secoua la tête, médusé.

— C'est incroyable. Moi je pensais que les Russes avaient seulement aménagé une base de sous-marins, de ce côté-ci du Bosphore, afin de pouvoir ravitailler secrètement leurs unités qui s'aventurent en Méditerranée. Mais c'est encore plus grave. Cela veut dire qu'en cas de guerre, leurs sous-marins munis de fusées atomiques seraient en Méditerranée alors qu'on les attendrait du côté de Vladivostok ou d'Arkhangelsk...

Cooper acquiesça.

— J'ai déjà mis le Président au courant. C'est d'une importance capitale pour le pays. Moi-même je suis dépassé. Et il faut que cela se passe dans un pays allié et sûr, en plus !

— Mais, Amiral, coupa Malko, les dimensions de votre tunnel m'apparaissent bien étroites pour un sous-marin atomique. Le *Memphis* serait resté coincé là-dedans, non ?

— Autant vous le dire, répliqua Cooper. Nous savons depuis un an que les Russes sont parvenus à miniaturiser certains sous-marins atomiques, pour en faire des bâtiments « de poche ». Et ils sont, eux aussi, armés de fusées à longue portée. Six comme ceux-là pourraient anéantir la VIe flotte en un quart d'heure.

— Mais comment avez-vous découvert le tunnel ? L'entrée est assez loin de l'*Arkhangelsk* puisque celui-ci est échoué près de la rive ?

— Un coup de chance. Mes hommes ont commencé à explorer tout le fond autour du pétrolier et la coque. Ils ont facilement découvert le sas donnant sur le Bosphore, mais il n'y avait rien de spécial autour. Pendant plus d'une heure, ils ont effectué des recherches concentriques, sans résultat. Ils ont seulement trouvé dans la coque de l'*Arkhangelsk* une autre ouverture beaucoup plus grande, à l'arrière. C'est vraisemblablement par là que les hommes-grenouilles ont acheminé les plaques d'alliage léger qui tapissent les murs et le « plafond » du tunnel :

» Mais c'est le hasard qui nous a fait découvrir le principal. Un de nos hommes a été pris d'un malaise. Il s'est immobilisé au fond et est resté coincé dans une anfractuosité. En le dégageant, nous avons trouvé le départ d'un câble en acier ancré dans le rocher, à une dizaine de mètres du sas de l'*Arkhangelsk*. Il n'y a plus eu qu'à le suivre. Il nous a menés droit au tunnel, côté turc. Je suppose que les Russes ont ancré cette main-courante pour faciliter la tâche des hommes-grenouilles, les eaux du Bosphore sont souvent sales et ils devaient en plus opérer de nuit. »

— Mais pourquoi ces hommes-grenouilles ?

— Même pour un sous-marin de poche, le tunnel est plutôt étroit. La moindre fausse manœuvre et il s'échoue. Alors, les sous-marins qui passent le tunnel doivent être guidés par un ou plusieurs hommes-grenouilles qui leur montrent la route, probablement à l'aide de signaux sonores frappés sur la coque.

Malko se versa un verre de whisky. Tout ça était fantastique. D'innombrables questions lui brûlaient les lèvres.

— Mais ce tunnel, comment l'ont-ils creusé ?

— Probablement avec des foreuses-suceuses, identiques à celles que nous utilisons pour creuser la banquise. La terre et les débris sont évacués par des conduits en toile souple et aspirés par une drague. Avec ça, ils pouvaient facilement creuser cinq ou six mètres par jour. Il n'y a pas de barrière rocheuse à cet endroit...

Les deux gorilles, complètement réveillés, écoutaient de toutes leurs oreilles. Leurs gros pistolets leur semblaient bien futiles dans une histoire pareille.

Le téléphone sonna. Malko décrocha puis passa l'appareil à l'amiral.

— C'est pour vous, Amiral.

La communication ne dura pas longtemps. Cooper écouta deux minutes, fit « quand ? » et raccrocha, le visage soucieux.

À INSTANBUL

— Ça commence. L'*Arkhangelsk* vient de sauter. Une violente explosion sans incendie, il y a un quart d'heure. Le navire s'est enfoncé de près de trois mètres. Les officiels turcs sont sur place mais les Russes étaient là les premiers. L'attaché naval soviétique est monté sur l'épave de l'*Arkhangelsk* et y a collé un pavillon soviétique. Il a fait un foin du diable en clamant qu'on a saboté le pétrolier...

— Saboté !... Ils ont fait vite. Il ne doit plus rien rester de l'équipement un peu spécial de l'*Arkhangelsk*. Ceux qui nous ont ratés sont revenus pour nettoyer la place.

— Toujours est-il que cela va faire du bruit, l'histoire du tunnel. Dommage qu'on ne puisse pas le faire visiter aux touristes comme les Russes avaient fait avec notre tunnel d'écoute à Berlin, en 1961. Je vais avertir les autorités turques afin que nous puissions officiellement faire sauter ce damné tunnel le plus tôt possible. Il faudrait tenir une conférence de presse...

Cooper avait déjà la main sur le bouton de la porte quand Malko le rappela.

— Amiral, vous oubliez quelque chose d'important...

L'officier se retourna d'un bloc, impatient de partir.

— Quoi ?

Malko se frottait doucement la joue gauche avec la paume de la main. Ses yeux dorés étaient presque fermés. Il parla presque à voix basse.

— Le tunnel c'est très bien de l'avoir découvert. Mais il fallait autre chose aux Russes pour passer leurs sous-marins.

— Autre chose ?

— Il y a un poste de contrôle turc permanent à l'entrée du Bosphore. Même dans son tunnel, votre sous-marin fait du bruit. Il a bien fallu que quelqu'un ferme les yeux ou plutôt les oreilles, chaque fois qu'il en passait un.

Cooper était pétrifié.

— Vous voulez dire que parmi les officiers et le personnel triés sur le volet du poste de surveillance il y a un agent russe ?

— Un ou plusieurs. Et ce ne serait pas la première fois. On en a bien découvert à l'OTAN. C'est pour cela que nous avons intérêt à ne pas nous précipiter.

Le tunnel ne se sauvera pas. Et on peut le détruire quand on veut. Par contre c'est dangereux de laisser derrière nous un espion bien placé.

Cooper était indécis.

— Il y a bien une cinquantaine de Turcs à passer au microscope, fit-il. Ça va prendre des semaines si on imagine que les services de Sécurité turcs y ont pensé avant nous. Notre homme est certainement bien camouflé… Dans quoi voulez-vous m'embarquer ?

Il y eut un lourd silence. Dans leur coin les deux gorilles supputaient l'ampleur de la tâche. Si on les avait laissés faire, eux, ils l'auraient trouvée, la brebis galeuse, et même quelques-unes en plus, pour le poids.

Malko rompit le silence.

— J'ai une idée qui pourrait nous faire gagner beaucoup de temps. Mais il faudrait que vous m'écoutiez et que vous laissiez les Turcs en dehors du coup.

— Qu'est-ce qu'il faut faire ? demanda Cooper, méfiant.

— Allez voir le colonel de la Sécurité turque. Extorquez-lui la liste complète des personnes possédant à un moment donné la liste d'écoute ainsi que les horaires de présence. Et surtout la liste des absences pour permission, ou autre raison, depuis un mois.

Cooper sursauta :

— Vous me faites faire un fichu travail. Je ne suis pas un espion moi. Allez-y vous-même.

— Je donnerais l'éveil. Pas vous...

— Bon, admit Cooper à regret. Je vais envoyer un de mes aides de camp. Je vous téléphonerai.

À peine la porte avait-elle claqué derrière Cooper que Malko se laissait aller en arrière sur son lit.

— Allez dormir, fit-il aux gorilles. J'ai l'impression qu'on va avoir du travail dans la journée. Que l'un de vous reste dans les parages du cher Krisantem, pour lui éviter les mauvaises tentations.

Ils partirent en traînant les pieds. Malko prit son téléphone et appela la chambre de Leila.

— Tu devrais descendre participer à mon repos, murmura l'Autrichien. J'ai mal partout, il faudrait qu'on me masse.

— Je viens, mais ce n'est pas pour te masser, répliqua du tac au tac Leila. Et si tu es trop fatigué je remonterai.

Et elle raccrocha. Malko fila à la salle de bains, se lava les dents et s'arrosa d'eau de Cologne.

Le dernier coup de cinq heures sonnait lorsqu'on frappa à la porte de Malko.

Méfiant, il cria de son lit :

— Qu'est-ce que c'est ?

— L'amiral Cooper, fit la voix bougonne de Cooper.

Heureusement, Leila avait regagné sa chambre. Cooper entra et jeta un porte-documents sur le lit.

— Voilà tout ce que vous m'avez demandé. À vous de jouer, maintenant, monsieur le Sorcier.

— Merci, Amiral.

Malko sourit, attrapa la serviette et commença à lire plusieurs listes tapées à la machine.

— Ça, c'est la liste des gens qui ont la charge du système de surveillance. Uniquement des officiers. Ils se relaient toutes les six heures, nuit et jour. Avec les remplaçants, cela en fait près de 150 ! J'espère que vous avez une bonne idée, autrement nous en avons jusqu'au jugement dernier.

Cooper s'assit dans un fauteuil et alluma un cigare. Malko s'approcha de la fenêtre et regarda un gros cargo noir glisser sur le Bosphore. Puis ses yeux retombèrent sur la feuille qu'il tenait à la main. Sur celle-là, il n'y avait qu'une douzaine de noms, avec une annotation en face de chacun d'eux : la liste des absences depuis un mois. Malko la lut avec attention. Chacun des noms était maintenant ancré dans sa mémoire. Il reposa la feuille et vint s'asseoir en face de Cooper.

— Voyons, à quelle date a disparu le *Memphis* ?

— Le 24 juillet à 3 heures de l'après-midi, répondit sans hésiter l'amiral.

— Bien. Mais à ce jour il n'y a aucune absence au poste de surveillance, un remplacement seulement. Par contre, le 23 juillet le lieutenant Beyazit qui aurait dû prendre son service de minuit à six heures du matin, s'est fait remplacer au dernier moment. Sa mère ayant eu une attaque cardiaque dans la soirée, il a passé la nuit à son chevet.

Cooper ouvrit des yeux ronds.

— Et alors ?

— Suivez-moi bien. Amiral, fit Malko. Le *Memphis* a été attaqué par un sous-marin inconnu, présumé soviétique, qui se trouvait immobilisé au fond de la mer de Marmara. Maintenant nous savons comment il était arrivé là. Mais il y a une chose bizarre : les bâtiments qui empruntaient le tunnel ne devaient pas s'éterniser dans le Bosphore ou dans la mer de Marmara, qui n'est qu'une flaque d'eau, dans laquelle ils peuvent être repérés par n'importe quelle unité de la marine turque.

— Celui-là a pu avoir une avarie, coupa Cooper.

— Peu probable. Souvenez-vous qu'après avoir torpillé le *Memphis*, l'autre sous-marin a filé comme une flèche. Si vous voulez bien, abandonnons pour le moment l'hypothèse de l'avarie. Et imaginez que notre sous-marin ne venait pas du tunnel, mais y *allait*.

— Pourquoi ?

— Pour rentrer chez lui, parbleu, après un petit tour en Méditerranée. Mais imaginez qu'au moment de rentrer on lui ait intimé l'ordre d'attendre, parce qu'au dernier moment sa sécurité n'était plus assurée.

— Tout ça n'est qu'une hypothèse, pour l'instant.

— Oui, mais, écoutez : le 25 juillet de 6 heures à minuit, le lieutenant Beyazit a remplacé un de ses camarades, le lieutenant Ismet qui avait pris sa place durant la nuit où il veillait sa mère malade. Donc, il était normal – si mon hypothèse est exacte – que le sous-marin attende vingt-quatre heures au fond de la mer de Marmara, puisqu'il était certain de pouvoir passer à coup sûr. Et rappelez-vous : quand il a été découvert il a mis le cap sur le Bosphore, ce qui a stupéfié tout le monde puisque en principe c'était un cul-de-sac.

Cooper secoua la tête, découragé.

— En admettant que vous ayez raison, il ne reste plus qu'à aller demander poliment au lieutenant Beyazit : Êtes-vous un espion russe ? Nous n'avons pas le plus petit commencement de preuve contre lui. Et toutes vos hypothèses ne tiendront pas s'il est sûr de lui. Sans compter les ennuis que nous aurons avec les Turcs. Il paraît que la Sécurité d'Ankara a examiné le passé de tous les officiers qui travaillent à la station d'écoute au super-microscope. C'est comme si vous me disiez que le Président des U.S.A. possède une carte de membre du Parti communiste.

— Pourtant, on n'a pas le choix. J'ai une idée qui peut nous aider. Si ça ne marche pas nous n'aurons rien perdu.

Sceptique, l'amiral haussa les épaules.

— Au point où nous en sommes... Allez-y.

Malko décrocha le téléphone et demanda : « M. Jones, s'il vous plaît. »

Le gorille répondit immédiatement.

— Allez me chercher Krisantem et amenez-le-moi, ordonna l'Autrichien.

Trois minutes plus tard, Krisantem était là, encadré des deux gorilles. Il n'en menait pas large.

— Je vais voir si j'ai eu raison de ne pas écouter mes amis. Vous savez le nom de celui qui vous emploie.

— Oui. M. Doneshka.

— Bien. Vous allez trouver un certain Beyazit – on vous donnera son adresse – et vous allez lui dire que Doneshka lui demande de lui apporter la liste de ses prochains tours de garde. S'il pose des questions, dites-lui que vous ne savez rien d'autre que le lieu du rendez-vous : place de la Corne-d'Or, à la terrasse du café qui s'y trouve. Ah, dites-lui de ne pas se mettre en uniforme.

Krisantem le regardait, un peu étonné.

— C'est tout ?

— Pour le moment. Et ne faites pas d'imprudences. MM. Jones et Brabeck ne seront jamais loin de vous. O.K. ? Milton, emmenez-le maintenant.

Quand le Turc fut sorti, Malko dit à Jones :

— Lorsque Beyazit sortira de chez lui, suivez-le pour que je puisse l'identifier au rendez-vous. Vous prendrez une table près de la mienne.

Cooper écoutait tout sans mot dire. Quand il fut seul avec Malko, il demanda :

— Qui est ce Doneshka ?

— À ma connaissance c'est le patron du réseau russe à Istanbul. Logiquement il devrait faire la liaison entre Beyazit et le sous-marin. Il y a une chance que Beyazit – si c'est lui – tombe dans le piège. Ce n'est probablement pas un espion professionnel, il doit agir par idéal ou par vengeance.

— Et s'il ne vient pas au rendez-vous ?

— Il est innocent... ou méfiant. De toute façon, on ne peut pas grand-chose. Le mieux est que vous veniez et suiviez l'opération de loin.

Le trottoir devant Malko grouillait de monde. Il avait choisi une table à l'intérieur, près de la place. Ainsi, il surveillait toute la terrasse et la rue. Cooper, sur la place, flânait entre les étalages du marché.

Un quart d'heure s'était déjà écoulé. Malko calcula que Beyazit aurait dû être là depuis dix bonnes minutes. À moins qu'il n'ait pas été chez lui ou que...

La haute silhouette de Brabeck s'encadra derrière la vitre, face à Malko.

Comme un touriste épuisé par la chaleur, il se laissa tomber sur sa chaise et s'éventa avec son chapeau. Quelques secondes plus tard un homme aux cheveux bruns coupés très courts, à la silhouette trapue, vêtu d'un complet sombre, s'asseyait à une table voisine de celle de Brabeck.

Malko fut tout de suite persuadé que c'était Beyazit. Il n'eut pas longtemps à attendre pour en être sûr. Laissant son chapeau à côté de son orangeade, Brabeck entra dans le café et se dirigea vers le fond. Malko le suivit et les deux hommes se retrouvèrent dans une toilette crasseuse et nauséabonde.

— C'est l'homme brun, à votre gauche ? demanda Malko.
— Oui.
— Bien, revenez à votre table, dans deux ou trois minutes.

Malko sortit le premier et alla droit à la table de l'officier turc. Celui-ci sursauta lorsque Malko s'assit à côté de lui. Mais l'Autrichien ne lui laissa pas le temps de s'étonner.

— Je viens de la part de Doneshka. Il a été retenu. Vous avez la liste ?

À INSTANBUL

Beyazit le regarda avec méfiance.
— Qui êtes-vous ?
— Ça ne vous regarde pas. La voix de Malko était sévère, autoritaire, il parlait turc avec un léger accent, volontairement, il continua :
— Vous avez la liste oui ou non ? Nous allons avoir besoin de vous dans les jours prochains.
Mais l'autre était encore perplexe.
— Pourquoi Doneshka n'est-il pas venu ?
— Question sécurité. Il faut qu'on vous voie le moins possible ensemble. Alors, vous avez les renseignements ?
Beyazit hésita une seconde puis dit :
— Oui.
— Bien. C'est imprudent de me la donner ici. Suivez-moi jusqu'à ma voiture.
Il se leva. Il avait repéré la Buick de Krisantem. Le Turc était debout à côté « bavardant » avec Jones. Il alla jusqu'à la voiture et s'assit à l'arrière, faisant signe à Jones de ne pas bouger.
Beyazit le rejoignit immédiatement. À peine assis, il tira de sa poche une feuille pliée. Malko la déplia et vit

l'horaire complet du Turc pour les quinze jours à venir. Son cœur se réchauffa. Et il décida de frapper un grand coup.

— J'espère que votre mère ne sera pas malade, cette fois, dit-il sévèrement.

Le Turc grogna :

— Ne touchez pas à ma mère. Dieu fasse qu'elle vive encore longtemps. Et vous, vous allez tenir vos engagements ?

Ça, c'était un terrain brûlant. Malko brusqua les choses. Levant la main il appela Jones. Et il se tourna vers le Turc.

— Lieutenant Beyazit, j'ai le regret de vous mettre en état d'arrestation. Pour espionnage au profit de l'Union Soviétique.

Le Turc le regarda pétrifié, puis bondit vers la portière. Il fut cueilli par Jones qui lui colla son Colt sur l'estomac. Brabeck arrivait à la rescousse. Mais c'était inutile. Beyazit se rassit sans résistance. En voyant Krisantem se mettre au volant il sursauta et cracha, de toutes ses forces, dans la nuque du Turc.

Il se tourna vers Malko et dit :

— C'est lui qui m'a vendu.

À INSTANBUL

Malko secoua la tête, dissimulant sa satisfaction.
— Pas exactement. Au fond personne ne vous a trahi. Votre mère peut-être. Sans le vouloir.

CHAPITRE XVII

— Faisons sauter le tunnel, proposa le consul. Avec l'aide des Turcs cela sera facile.
Malko laissait ses yeux dorés errer sur le plafond. Il avait l'air de penser à autre chose. Il dit à la cantonade :
— Il y a peut-être mieux à faire.
— Quoi ? fit vivement l'amiral Cooper.
— Rendre la monnaie de leur pièce aux Russes...
Cooper dit lentement :
— Si vous arrivez à cela, la Navy vous en sera éternellement reconnaissante.
— C'est peut-être imprudent politiquement, murmura le consul.
Mais personne ne l'écouta. Toutes les oreilles étaient tournées vers Malko qui exposait son plan.
— Tout dépend de notre ami Beyazit.

— Allez le chercher.

Le colonel sonna. Un planton apparut. Le Turc lui donna un ordre bref. Quelques minutes plus tard Beyazit entra, encadré par deux énormes Turcs en civil à la mine patibulaire. Le lieutenant avait des menottes, une longue chaîne lui liait les deux bras derrière le dos. Un des gorilles tenait l'autre bout de la chaîne.

Une longue estafilade lui coupait le visage de la pommette au menton. Le sang était encore frais.

— Il a passé la tête à travers une fenêtre, expliqua un des gorilles.

Impassible Beyazit fixait le sol comme s'il avait été seul. Malko s'approcha de lui et lui parla en turc, très doucement.

— Vous allez être fusillé.

L'autre cracha de mépris.

— C'est un honneur. Ma mère sera fière de son second fils comme elle l'est du premier.

— Qu'est-il arrivé à votre frère ?

— Il va être fusillé. Avec cinquante autres cadets de l'École militaire.

— Pourquoi ?

— Parce qu'il voulait que la Turquie ait un gouvernement propre et pas un pantin comme Gursel.

— C'est pour ça que vous avez aidé les Russes ?

— Bien sûr.

— Vous savez ce qu'ils feraient de votre pays s'ils gagnaient ?

Beyazit haussa les épaules.

— Nous n'avons pas peur d'eux. Il y a dix siècles que nous les battons. Ça continuera.

— À cause de vous, 129 hommes sont morts inutilement et si nous n'avions pas découvert le tunnel, il aurait donné en cas de guerre, un avantage décisif aux Russes.

— Il faut d'abord nous débarrasser des hommes qui sont au pouvoir. Seuls les Russes nous donneront des armes et de l'argent pour cela. Même quand vous m'aurez fusillé, il en viendra dix, vingt, cent autres derrière moi.

Les yeux du jeune officier brillaient dans son visage fatigué. Méchamment un gorille tira un coup sec sur la chaîne. Beyazit gémit de douleur.

Malko lança au gorille, en turc :

— Tu vas rester tranquille, salaud !
Puis au colonel turc, il demanda :
— Je voudrais qu'on me laisse seul avec cet homme et qu'on le détache.
Le colonel turc sursauta.
— Mais il essaie sans cesse de s'échapper ou de se suicider ! Il va vous tuer.
— Je ne pense pas, répliqua Malko. Il m'a donné sa parole d'officier qu'il ne tenterait rien.
— Bon, détachez-le, ordonna le colonel, de mauvaise grâce.
Les gorilles s'écartèrent. Maussade, le lieutenant se frottait les poignets.
— Maintenant, laissez-nous seuls, réclama Malko. Restez, s'il vous plaît, amiral.
Les six hommes se levèrent et sortirent de la pièce. Malko s'approcha du prisonnier et lui tendit une Benson à filtre. L'autre la prit et regarda Malko, l'air surpris.
— Qui êtes-vous ? Comment les autres vous obéissent-ils ?
— Ils ont confiance en moi. Comme j'ai confiance en vous.

À ISTANBUL

— Pourquoi avez-vous menti ? Je ne vous avais pas donné ma parole et je pourrais sauter par la fenêtre maintenant. Je suis plus fort que vous.

— Vous ne le ferez pas.

— Pourquoi ?

— Parce que je peux vous aider.

— En quoi ?

— À mourir honorablement et à sauver votre frère.

— Inutile, il ne se reniera jamais. Et moi non plus.

— Pas question de cela. Si vous acceptez ma proposition votre frère aura la vie sauve et vous ne serez pas fusillé.

— C'est trop beau.

— Non, j'ai besoin de vous.

— Qu'est-ce qu'il faut faire ?

— Reprendre votre poste comme si rien ne s'était passé. Au cas où nos amis se douteraient de quelque chose, les convaincre que vous n'avez pas parlé et que rien n'a été éventé. Et quand un sous-marin se présentera agir normalement.

— Après ?

— Oh après, ce sera à nous de jouer. Vous avez une chance sur mille de vous en sortir. Mais comme de toute façon...

— En somme, vous me demandez de trahir.

— Une fois de plus. Et vous sauvez votre frère. Je vous donne cinq minutes pour réfléchir.

Le Turc était fasciné par les deux taches d'or au milieu du visage de Malko. Il pensait avec intensité à son frère. Mais aussi tout se révoltait en lui à l'idée d'accepter la proposition de l'Autrichien.

Il ouvrait la bouche pour dire « non » quand Malko dit :

— J'ai lu une fois un livre sur l'histoire de la Turquie. Il y a quatre cents ans, un Turc qui portait le même nom que vous s'est introduit déguisé en mendiant dans le camp des envahisseurs et les a massacrés. C'était un de vos parents ?

Beyazit le regarda stupéfait.

— Comment savez-vous cela ? Ce n'est pas une grande histoire. Même les Turcs ne le savent pas.

— Je lis beaucoup et je retiens bien, admit modestement Malko. Alors que décidez-vous ?
— J'accepte.

C'est comme si un autre avait dit « oui » à sa place.

— Bien. Vous allez être libéré. Vous aurez un moment difficile à passer, quand vous allez retrouver vos... employeurs. Après, tout se passera bien. Jusqu'au moment décisif.

— Et si j'échoue ?

— Vous aurez un billet d'avion pour le pays que vous voudrez. Mais n'y comptez pas trop. Faites attention à ne pas être suivi. Maintenant, je vous quitte. Appelez-moi dans deux jours, au Hilton, le matin. Je m'appelle Malko Linge et j'ai la chambre 707.

Malko revint dans l'autre pièce. Après avoir échangé un regard d'intelligence avec Cooper :

— Il est d'accord, dit simplement Malko.

Et il donna les ordres concernant le prisonnier et son frère.

Le colonel turc n'avait pas l'air trop chaud mais il s'inclina.

À INSTANBUL

— Il n'y a plus qu'à attendre après avoir pris nos précautions, expliqua Malko. Amiral, je vais vous demander quelques spécialistes.

— Certainement.

— Pour ne pas attirer l'attention il faudrait qu'un pétrolier ravitailleur vienne faire le plein à la raffinerie BP. Il suffit qu'il reste une nuit. Et qu'il y ait le matériel nécessaire et les hommes.

— Pour ce travail-là, répliqua Cooper, j'aurais assez de volontaires pour creuser le Bosphore avec les ongles.

Malko salua poliment et quitta la pièce. Il fut heureux de se retrouver dans le boulevard Atatürk, au milieu des vieux taxis et de la foule bariolée. Il tomba en arrêt devant une boutique de souvenirs. Des pipes en écume étaient exposées dans la vitrine.

Il entra, discuta une demi-heure, et finit par payer 20 livres une pipe représentant une tête de marin. Il prit ensuite un taxi et retourna au Hilton.

Krisantem en train de nettoyer son pare-brise, bouscula le portier de l'hôtel pour ouvrir lui-même la porte du taxi. Malko lui sourit gentiment et lui dit une

À ISTANBUL

phrase qui lui fit passer un grand frisson glacé dans le dos.

— Je vais bientôt avoir besoin de vous.

Le Turc n'était pas encore remis de son émotion qu'un autre taxi débarqua les deux gorilles de la C.I.A. Ils jetèrent en guise de promesse un regard de serpent à sonnettes à Krisantem.

Le lendemain, dans l'après-midi, le pétrolier américain *Marble Head* remonta le Bosphore. Prévenu par Cooper, Malko le regarda défiler sous ses fenêtres. Il avait l'air d'un honnête pétrolier.

Un peu plus tard il prit la voiture et demanda à Krisantem de le conduire au village de Sariyer.

— Je veux voir le marché, expliqua-t-il.

Le marché en effet était extraordinaire avec ses étalages multicolores et ses marchands en costumes anciens venus à dos de mulet de la montagne. C'était là un spectacle plus pittoresque que celui qu'offrait le pétrolier gris ancré sur l'autre rive, face à la raffinerie.

Après s'être intéressé durant un temps aux éventaires, Malko revint à l'hôtel. À peine était-il dans sa chambre que le téléphone sonna. C'était Cooper.
— Tout est prêt. Il faut que vous quittiez l'hôtel sans être suivi. Une voiture de chez nous vous attend dans l'avenue Caddesi. C'est une Ford grise de la Navy. Il y a un uniforme pour vous, pour le cas où le *Marble Head* serait sous surveillance.
— Bien. Je sortirai dans une demi-heure. Il faut que je prenne certaines précautions.

Après avoir raccroché, Malko alla dans sa salle de bains et s'arrosa d'eau de Cologne. Puis, il descendit dans le hall et alla prendre un verre au bar.

Il n'y avait presque personne. Sauf une silhouette féminine assise sur un des tabourets. Malko prit le siège voisin et glissa un œil sur le journal que lisait sa voisine. Du suédois !

C'était le moment de faire un grand numéro.

D'une voix douce, en suédois, il attaqua :
— Vous êtes bien loin de chez vous...

À ISTANBUL

Sursaut.
— Vous êtes suédois ?
Explications. Elle, c'était une hôtesse de la S.A.S. Ravissante. Et libre ce soir. L'équipage l'avait laissée tomber... Elle s'appelait Lise. Et avait une bouche qui donnait vraiment envie de la connaître.
— Je vous emmène dîner, proposa Malko. Faites-vous belle. Rendez-vous en bas dans une demi-heure.
Krisantem attendait dans le hall, assis dans un fauteuil. Malko lui fit signe et le prit amicalement sous le bras lorsqu'il se leva.
— J'ai un petit problème, expliqua-t-il. Je veux aller dîner avec une amie. Mais il ne faut pas que Leila le sache. Elle est très jalouse. Alors, je voudrais que vous l'emmeniez d'abord au restaurant et je vous rejoindrai un peu plus tard.
Krisantem s'épanouit. C'était dans ses cordes.
— Alors, rendez-vous au Tarabya. Je prendrai un taxi. Elle sera là dans un quart d'heure. Et pas un mot à Leila.
Malko remonta, mais s'arrêta au quatrième, Chris Jones était dans la chambre de Milton Brabeck. Ils jouaient au

poker sur la moquette. C'est Milton qui ouvrit.

— Ce soir, j'ai besoin de vous. Tout à l'heure, je vais sortir. À pied. Il faut vous assurer que personne ne me suit. Je vais marcher trois cents mètres sur la Clumhuriyet, jusqu'au Park Hôtel. Juste avant, vous verrez un immeuble dont la cour donne sur une petite rue. J'entrerai. Vous me suivrez, je compte sur vous pour que personne ne ressorte derrière moi.

Il repassa par sa chambre, mit un œillet à sa boutonnière et descendit.

Lise était déjà là, dans une robe blanche éblouissante, très moulante. Malko loucha un peu sur la poitrine bronzée et avala sa salive d'un coup : encore une brouillée avec les soutiens-gorge.

Il attendit que Krisantem fût tout proche pour dire :

— Je suis désolé, Lise, j'attends un coup de fil important et je dois rester un moment à l'hôtel. Comme ce serait idiot de vous faire attendre avec moi, vous allez partir avec mon chauffeur qui va un peu vous faire visiter Istanbul avant d'aller au restaurant. Je vous y rejoindrai.

Un peu surprise, Lise acquiesça et suivit Krisantem. Galamment, Malko lui baisa la main, avant de la faire monter dans la Buick. Il regarda partir la voiture, rentra un moment dans le hall, demanda au concierge le numéro de téléphone du restaurant, et ressortit.

Comme un seul homme, Chris et Milton lui emboîtèrent le pas, à peine plus visibles dans leurs costumes presque blancs que deux becs de gaz sur une place déserte.

Malko marchait lentement au milieu du trottoir. Très naturellement il s'engagea sous le porche et attendit dans la cour. Chris et Milton arrivèrent sur ses talons. Milton vint vers lui avec un large sourire.

— Allez-y. Nous, on ne bouge plus.

Malko traversa la cour rapidement, évitant de justesse une troupe de chats errants blottis autour d'une vieille brouette. Au fond de la cour, une porte de bois s'ouvrit facilement. La petite rue était déserte. Il partit en courant.

À INSTANBUL

Dans la cour, les deux Américains s'étaient embusqués chacun derrière un angle. Milton balançait au bout de son bras droit un énorme Colt automatique et Chris avait la main posée sur la crosse de son Smith et Wesson 38 magnum à canon long. Une arme à pulvériser un éléphant à un kilomètre.

Effectivement personne n'avait intérêt à suivre Malko. Et personne ne le suivit.

La Ford grise attendait en face d'une boutique de tailleur. Malko y entra d'un geste naturel et plongea aussitôt sur le siège. La voiture démarra. Le chauffeur, un simple marin, tendit à Malko un paquet.

— Votre uniforme.

Entre deux feux rouges, Malko se transforma en marin de la VIe flotte. À toute vitesse, la Ford remonta le boulevard Beylerbeyi, après avoir traversé le bac Mebusan en priorité. Et une demi-heure plus tard, elle s'arrêta à la sortie du village de Beykoz. Il y avait là un appontement servant aux embarcations qui reliaient à la terre les navires mouillés dans le Bosphore. Une chaloupe à moteur du *Marble Head* attendait. Comme deux marins rentrant de bordée, Malko et le chauffeur sautèrent dedans sous l'œil indifférent de deux badauds. L'amiral Cooper les attendait à la coupée :

— S.A.S., je vous présente le colonel March, des services spéciaux de la Marine, dit-il dès que la chaloupe se fut éloignée du bord.

— Enchanté.

Il avait la tête de l'emploi, March. Carré, le cheveu à zéro, des yeux gris et de la dureté à revendre. Sa poignée de main transforma les phalanges de l'Autrichien en bouillie.

— March a vingt hommes avec lui. Tous des plongeurs d'élite, continua Cooper. Ils ne diront jamais ce qu'ils ont fait. Tout cela est à votre disposition.

Malko inclina la tête. La masse noire du pétrolier approchait. Des signaux lumineux furent échangés. La chaloupe vint frapper l'échelle de coupée et les trois hommes montèrent à bord. Cooper les emmena au carré des officiers. Malko entra. Le spectacle était impressionnant. La pièce était pleine d'êtres noirs et luisants, tassés les uns sur les autres. Seuls leurs visages rappelaient qu'ils étaient des humains.

— Voici mes hommes-grenouilles, annonça March. Ce sont les meilleurs d'Amérique. Ils peuvent tout faire sous l'eau, même tricoter. Celui-là, Don Costan, fit-il en désignant l'un des hommes, est venu de Long Beach, en Californie, en avion spécial. C'est le meilleur spécialiste en explosifs sous-marins que nous ayons.

Tous portaient à la ceinture une longue dague sous un étui de liège. Malko frissonna en pensant à l'homme-grenouille soviétique qui avait déclenché toute l'affaire. Lui aussi devait se sentir invulnérable sous l'eau.

— Ils savent ce qu'il y a à faire, continua Cooper. Il faut seulement que vous leur donniez le maximum d'indications nécessaires. Et que vous les guidiez. Pour les questions techniques, adressez-vous à March. Il sait tout. Ce tableau noir est à votre disposition.

Malko fendit la foule noire. On aurait dit une assemblée de pingouins. Les combinaisons de caoutchouc noir ne dévoilaient que les mains et le visage. Et tous étaient semblables : durs, attentifs et sans expression. Dressés à tuer. L'Autrichien commença à dessiner avec application sur le tableau. Il pensait aux seins de Lise qui devait commencer à s'impatienter, dans son restaurant folklorique.

La démonstration dura près d'une demi-heure. March et ses hommes avaient posé beaucoup de questions. À la fin, March secoua la tête et fit, entre ses dents :

— C'est fantastique. Plus fort que le tunnel de Berlin[1].

Cooper se tourna vers lui.

— Est-ce que l'opération est réalisable ?

— Sans aucun doute, Amiral. Mais une nuit, cela va être court.

— Pas le choix.

— Alors, en avant.

— Bien. S.A.S. vous allez partir avec un premier groupe de cinq hommes pour

---

[1]. À Berlin, les Américains avaient creusé un tunnel sous la zone russe pour espionner les télécommunications soviétiques. Il fonctionna plus d'un an.

À INSTANBUL

reconnaître l'entrée du tunnel. Le reste suivra et vous attendra le long de l'*Arkhangelsk*, côté bâbord. Là, personne ne peut nous voir.

Malko enfila lui aussi une combinaison d'homme-grenouille, pour ne pas être vu dans l'obscurité. Et il embarqua à bord d'un petit dinghy en caoutchouc avec les hommes de March.

Deux hommes poussaient sur les avirons. Le minuscule dinghy avançait le long de la rive asiatique du Bosphore. Malko écarquillait les yeux pour ne pas rater ses points de repère. Ils dépassèrent l'*Arkhangelsk*, immobile et noir.

— C'est là, souffla Malko.

Il avait aperçu les lumières du bâtiment militaire de contrôle. L'entrée du tunnel était exactement à l'aplomb du repère, en plein milieu du Bosphore.

À voix basse, Malko expliqua la position aux hommes de March. Ils l'écoutèrent sans mot dire, puis, un à un, se laissèrent glisser dans l'eau noire. Ils n'avaient pas fait un clapotis. L'Autrichien resta seul à bord. Il prit les avirons pour contrarier la dérive. Tout était calme. De temps en temps un bateau, tous feux illuminés, défilait au milieu du Bosphore. La Tour de Rumeli, sur la rive européenne se découpait au milieu de son éclairage son et lumière.

Un quart d'heure plus tard, l'eau bougea. Une ombre noire se hissa à bord du dinghy. C'était March. Il se débarrassa de ses bouteilles et dit simplement :

— Ça y est. Nous avons repéré le tunnel. Ça ne va pas être facile, il y a un courant terrible. Nous allons chercher les autres.

C'est lui qui reprit les avirons. En cinq minutes, ils eurent rejoint l'*Arkhangelsk*.

Cinq dinghies étaient collés à son flanc. L'éclair bleu d'une lampe électrique les aveugla et s'éteignit tout de suite. Malko eut le temps de voir que l'un des bateaux était entièrement chargé de caisses. March avait déjà réuni les embarcations autour de lui et donnait les instructions à ses hommes.

Il reprit la tête d'un véritable convoi qui s'arrêta là où Malko avait donné le « Top ». Un des hommes-grenouilles attacha tous les dinghies ensemble.

Puis, un par un, les hommes plongèrent. Deux d'entre eux partirent en remorquant un radeau de caoutchouc chargé à ras bord de caisses mystérieuses. Et une fois de plus Malko resta seul, au milieu des embarcations vides. Lui qui n'était pas émotif avait le cœur qui battait un peu plus vite en pensant qu'à ce moment même les hommes-grenouilles soviétiques allaient peut-être vérifier leur tunnel...

Cette fois, March ne revint qu'une heure plus tard. Il était accompagné de quatre hommes.

— Nous avons besoin de matériel, expliqua-t-il. Tout va bien mais c'est très dur car il y a plus de 20 mètres de fond.

Chaque homme reprit un dinghy. L'un d'eux resta sur place pour repérer l'endroit.

Ils repassèrent devant l'*Arkhangelsk*. La masse sombre du *Marble Head* parut follement sympathique à Malko après tout cela. Le tout grouillait d'animation. Étrange pétrolier !

Tous les hommes étaient en tenue de combat. Des piles de caisses s'empilaient sur le pont. Aucune lumière n'était visible... Tout se passait à la clarté de la lune. À cent mètres, de la rive, il était impossible de se douter de quoi que ce soit. Une procession d'ombres recommença à charger les caisses dans les dinghies.

March s'approcha de Malko.

— Nous n'avons plus besoin de vous. Mes hommes ont repéré le tunnel. Il ne reste plus qu'à y acheminer le matériel. C'est presque de la routine, mais il y en a pour plusieurs heures. À moins que vous ne vouliez plonger avec nous...

— Non, non, merci, déclina Malko. Je ne suis pas assez entraîné.

Sur les ponts, trois hommes-grenouilles montaient une étrange machine : un bâti métallique posé sur deux fuseaux en forme de torpilles terminés par une hélice encagée dans un treillis métallique. Deux poignées ressemblant à un guidon de bicyclette étaient fixées sur le bâti. De chaque côté de petits ailerons mobiles dépassaient comme des nageoires.

— Ce sont nos brouettes sous-marines, expliqua March. Nous les avons mises au point d'après les « torpilles Rebikoff ». Conduites par un homme-grenouille, elles peuvent transporter sous l'eau près de 200 kg. Nous en avons six ici qui vont faire la navette entre notre point de repère et le tunnel. Ce serait trop dangereux de se balader au milieu du Bosphore avec notre chargement. Comme on ne peut pas se payer le luxe d'avoir des feux de position...

Fasciné, Malko regarda un des engins s'enfoncer dans l'eau sans un bruit, poussé par une silhouette de caoutchouc noir.

— Il mettra le moteur en route quand il sera à trois ou quatre mètres, expliqua March.

Avant de retourner au carré des officiers ôter sa tenue, Malko remarqua deux silhouettes accroupies de part et d'autre de la coupée, équipées d'armes étranges : de longs fusils surmontés de ce qui ressemblait à une lunette terminée par une sorte d'écran. Le bout du canon était énorme.

— Ce sont des fusils infrarouges équipés de silencieux, dit March. Au cas où nos amis nous surveilleraient et voudraient intervenir. Ils portent à cinq cents mètres et du rivage on n'entendrait même pas la détonation.

Belle organisation ! Malko quitta le pont rassuré. L'opération semblait bien partie. Rhabillé en marin de première classe, il prit place dans la chaloupe officielle.

— On vous appellera demain matin, promit March. Si nous n'avions pas terminé, on s'y remettrait demain.

La chaloupe s'éloigna du pétrolier avec un teufteuf rassurant. Celle-là avait un falot à l'arrière...

Malko accosta sur un quai désert. Il regarda sa montre : 11 heures et demie. Lise devait être folle de rage ! La Ford grise était toujours là. Le chauffeur somnolait appuyé sur son volant. Malko le fit sursauter en ouvrant la portière.

— Allez, hop, on va juste en face, dit-il. Tâche de trouver un raccourci.

L'autre rit. En fait de raccourci, il aurait fallu un amphibie.

Dans le noir, Malko eut toutes les peines du monde à se rhabiller convenablement. Le chauffeur conduisait à tombeau ouvert. Ils arrivèrent pile au bac. Il n'y avait presque personne. Dix minutes plus tard la Ford entrait dans Tarabya.

— Laissez-moi là, dit Malko.

Il descendit de la voiture qui fit demi-tour immédiatement. La terrasse du restaurant était à cent mètres, pleine de monde.

C'est tout juste si Lise leva la tête de son assiette quand il arriva à la table : elle en était au dessert, un baklava sucré et dégoulinant de miel. Malko s'assit et se confondit en excuses : il avait dû attendre son coup de téléphone très longtemps, il était désolé, n'avait pas trouvé dans l'annuaire le nom du restaurant...

Lise l'écouta sans mot dire. Krisantem, à côté, les yeux baissés, essayait de garder l'air sérieux.

— Vous êtes un mufle, articula enfin Lise. Il y a deux heures que je vous attends.

Et elle enfourna une énorme bouchée de baklava, pour se consoler.

Alors Malko eut une inspiration géniale en apercevant un petit bonhomme de cinq ou six ans qui passait entre les tables en vendant des petits paniers de mûres sauvages.

Il l'appela et lui donna une livre. Le gosse, ravi, posa sur la table ses deux derniers paniers. C'était un petit gitan. Lise le regardait du coin de l'œil, attendrie. Elle sourit quand Malko poussa les deux paniers vers elle.

— Nous allons les manger ensemble. Je ne dînerai pas. Ce sera ma punition.

Et il lui prit la main et la baisa. Ça allait mieux. La chance le servit encore : machinalement il suivait le gosse des yeux quand il le vit s'accroupir dans un coin de la terrasse et prendre dans ses bras un énorme ours en peluche, posé à côté de son stock de paniers. Le businessman en herbe redevenait enfant.

— Regardez, dit-il à Lise.

Elle fondit immédiatement. Lâchement, Malko en profita pour poser une main sur son genou, sous la table. Elle ne la retira pas. Tout en mangeant leurs mûres, ils commencèrent à roucouler. Krisantem buvait du petit lait. Il avait une âme de marieuse, cet homme.

Soudain le regard de Lise se durcit. Elle retira d'un geste sec sa main de celle de Malko. Les yeux de la jeune fille étaient fixés sur sa cravate.

Il y jeta un coup d'œil et reçut une tonne de briques sur la tête. La cravate était nouée à l'envers. On ne voyait que la doublure.

— Vous vous déshabillez pour téléphoner ? demanda Lise d'une voix très douce.

Et avant qu'il ouvre la bouche, elle enchaîna :

— Je comprends maintenant. Vous vouliez faire un beau doublé, dans la même soirée.

Malko voulu lui reprendre la main.

— Laissez-moi, grinça-t-elle. Ou j'appelle. (Illogisme féminin. Elle n'aurait pu faire venir qu'un garçon.) Quand je pense... Ramenez-moi immédiatement à l'hôtel.

Dignement elle se leva, traversa la rue et alla s'asseoir dans la Buick. Malko explosait intérieurement. Jamais il ne pourrait lui expliquer qu'il s'était déshabillé tout seul.

Il paya l'addition et rejoignit Lise. Quand il entra dans la voiture, elle se rencogna un peu plus. Elle ne desserra pas les dents de tout le parcours.

Mais tout cela, ça n'était rien. En traversant le hall avec Lise, Malko rencontra un regard noir. Celui de Leila. Lorsqu'il fit un geste pour venir vers elle, elle détourna ostensiblement la tête. Encore une scène en perspective.

Écœuré, Malko prit sa clef, l'ascenseur et deux comprimés de nembutal. Il y a des soirées qu'il vaut mieux ne pas prolonger.

CHAPITRE XVIII

Elko Krisantem était inquiet, en allant à son rendez-vous.

Le Russe attendait dans sa Fiat 1100, garée devant la maison. Il était seul. Elko vint s'asseoir à côté de lui.

— Alors ?

— Je pense qu'il abandonne la partie.

Il raconta avec beaucoup de détails la soirée ratée de Malko pris entre ses deux amoureuses. Le Russe l'écoutait avec attention. À la fin, il le coupa et lui dit :

— En somme, notre ami a échappé à votre surveillance pendant toute la soirée...

— Mais il était à l'hôtel, avec cette fille.

— Qu'en savez-vous ? Ça peut être une feinte. Il vaut mieux pour vous que ce n'en soit pas une. Cet homme est redoutable. Il a déjà obtenu à plusieurs reprises des résultats considérables contre les meilleures de nos équipes. Alors, cela m'étonne qu'ayant une affaire non résolue sur les bras, il perde son temps avec des femmes. Souvenez-vous de sa promenade sur le Bosphore. Il était aussi avec cette danseuse. Et ça ne l'empêchait pas de travailler.

Elko ne répondit pas. Il sentait confusément que le Russe avait raison. Mais l'homme aux yeux d'or avait eu l'air tellement sincère l'autre soir.

— Je vais enquêter à l'hôtel, proposa Elko. Je saurai si c'est vrai.

— Faites vite. Je serai là demain, à la même heure.

Krisantem descendit et la voiture démarra immédiatement. Le Russe faillit emboutir un vieux taxi tellement il était perdu dans ses pensées. Il avait une autre visite importante à faire ce jour-là.

Il redescendit vers le centre d'Istanbul par la nouvelle autoroute, puis s'engagea dans un dédale de petites rues bordées de vieilles maisons de bois. C'était l'ancien Constantinople, grouillant de familles misérables qui vivotaient en sculptant des pipes ou en fabriquant des babouches.

Le Russe arrêta sa voiture au coin d'une rue qui grimpait vertigineusement. Il partit à pied, et, tout de suite, entra dans un couloir sombre qui sentait le yaourt aigre. Il attendit là un bon moment, guettant les silhouettes qui passaient devant la porte. La rue était trop étroite pour que quelqu'un puisse lui échapper.

Enfin il le vit.

Le lieutenant Beyazit marchait lentement, la tête baissée. Il portait un paquet sous le bras. Le Russe attendit quelques secondes. Aucune silhouette suspecte ne passa. L'officier n'était pas suivi.

Le Russe sortit et démarra aussitôt au pas de course. Heureusement, il savait où demeurait Beyazit, car ce dernier avait déjà disparu. Très vite il reprit le contact. Pas une fois celui qu'il suivait ne se retourna.

Il allait mettre sa clef dans sa serrure lorsqu'il sentit une présence. Il se retourna et croisa le regard du Russe. Il n'y eut pas un mot d'échangé. Les deux hommes entrèrent ensemble dans un petit studio. Il n'y avait presque pas de meubles. Un lit étroit, une table, une chaise et une vieille armoire. Près du lit, sur une petite tablette, une photo encadrée. Le papier des murs était verdâtre et une ampoule nue éclairait la pièce.

Le Russe s'assit sur le lit et tira un paquet de cigarettes de sa poche. Il le tendit à Beyazit qui refusa d'un geste.

— Nous étions inquiets. Où étiez-vous passé ?

L'officier hésita imperceptiblement.

— J'ai été voir ma mère. Elle était malade et il n'y avait personne pour la soigner. J'ai eu une permission.

— Vous avez quitté Istanbul ?

— Non. C'est près d'ici. Mais il fallait que je la veille.

Le Russe le dévisageait intensément. Beyazit avait des cernes profonds sous les yeux et le visage gris de fatigue. Il se passa la main sur le menton et le Russe vit qu'elle tremblait légèrement.

— Vous êtes malade ?

— Non, non. Fatigué. Très fatigué. Je n'ai pas dormi beaucoup depuis trois jours. Ma mère...

À INSTANBUL

— Vous n'allez pas tomber malade ?
Beyazit ricana tristement.
— Qu'est-ce que ça peut vous faire ?
L'autre répliqua doucement :
— La dernière fois que vous avez été malade, cela nous a coûté très cher.
— Je sais. À propos, et les armes ?
— Elles arrivent demain. Par le cargo *Volga*. Elles seront déchargées et entreposées dans un endroit sûr.
— Où sont-elles ?
— Je vous le dirai dans quelques jours.
— Pourquoi ?
— Nous avons besoin de vous.
— Quand ?
— Demain ou après-demain. Est-ce que tout est en ordre ?
Beyazit hésita imperceptiblement avant de répondre.
— Oui. Mais les Américains sont sur les dents, vous le savez.
— Nous n'avons pas le choix. C'est une mission importante. Quand serez-vous de service ?
— Demain soir. De dix heures du soir à huit heures et la nuit suivante aussi, aux mêmes heures.

À ISTANBUL

Bien. Je compte sur vous. Après cela, il n'y aura pas de passage avant un moment. Nous préférons garder ce précieux tunnel pour des circonstances plus graves... À propos, si un jour vous sentiez que vous êtes soupçonné, n'hésitez pas : le service que vous avez rendu à notre pays est tel que nous vous donnerions la nationalité soviétique et un grade équivalent dans l'armée rouge.

— Merci bien. Je préfère rester ici.

— Comme vous voudrez. En attendant, je vous préviendrai. Ne disparaissez pas.

Le Russe se leva. Sa tête touchait presque le plafond. Il regarda la pièce si triste et les murs sombres, et, brusquement demanda :

— Vous n'avez pas besoin d'argent ?

— Non.

C'était net et définitif. D'ailleurs Beyazit lui ouvrait déjà la porte. Les deux hommes se séparèrent sans se serrer la main. Le Russe descendit la rue sans se presser. Il avait de l'estime pour le Turc.

Dans sa petite chambre, Beyazit sortit une minuscule escalope de son paquet et alluma son réchaud à alcool. Avec du fromage blanc et des radis, c'était tout son repas.

Lorsqu'il eut fini, il se lava les mains, remit sa tunique et sortit. Il s'arrêta à la première cabine téléphonique, au coin de l'avenue Sokollu. Il y avait une jeune fille en train de parler et il dut patienter près de dix minutes.

Ensuite, il partit se promener le long du Florya Cornis, le boulevard qui longe le Bosphore. La Mosquée du Sultan, avec ses six minarets, brillait doucement dans le crépuscule. Il croisa plusieurs couples d'amoureux. Aucun ne vit les larmes dans ses yeux. Il n'aurait plus souvent l'occasion de suivre le chemin qu'il aimait tant.

Doneshka était nerveux. Tout aurait dû être fini depuis une demi-heure au moins. Sa voiture était dissimulée dans la cour d'une ferme abandonnée, sur la rive asiatique, tout près de la raffinerie BP. Il avait accompagné jusqu'à la berge les deux hommes-grenouilles et les avait aidés à s'harnacher. Ils avaient

À ISTANBUL

disparu sans un bruit dans l'eau noire du Bosphore.

Il regarda sa montre. 1 heure du matin. Le sous-marin aurait dû déjà être dans la mer de Marmara.

Nerveusement, il alluma une cigarette et sortit de la voiture. Le ciel était plein d'étoiles. Au loin, on entendait la rumeur d'Istanbul. Il prêta l'oreille. Près de lui, le silence était total. Rassuré, il ouvrit la portière arrière de la Fiat et souleva la banquette.

Un poste émetteur était encastré dessous. Doneshka tourna un bouton et l'appareil se mit à ronronner. Il le referma aussitôt. Dès que les hommes-grenouilles seraient revenus, il enverrait le signal au chalutier qui croisait en face, dans la mer Noire. Un innocent chalutier dont le moindre mousse était lieutenant du M.I. 5...

Il se détendit. Après tout, Beyazit était de service jusqu'à l'aube. Et si le sous-marin avait un retard important, il en serait quitte pour faire le mort, posé au fond de la mer Noire, jusqu'au lendemain soir.

À INSTANBUL

La pensée que Beyazit puisse le trahir ne l'effleura même pas. Il savait que pour ce jeune groupe d'officiers fanatiques, il représentait à la fois de l'argent et des armes. Quel beau tour joué aux Américains ! D'une pierre deux coups. Pour tromper son impatience, il décida d'aller jusqu'à la barque, point de repère des hommes-grenouilles. Il ferma soigneusement la voiture et partit.

Il n'y avait personne au bord de l'eau. Mais, de là, il pouvait apercevoir les lumières du poste de surveillance où travaillait Beyazit.

La petite pièce où l'officier turc aurait dû se trouver seul était pleine de monde. Derrière lui, il y avait les deux gorilles de la sécurité. Malko était assis à côté, devant une tasse de café intacte. Plusieurs officiers turcs faisaient la navette entre la pièce et le reste du bâtiment.

L'amiral Cooper était dans un coin, devant un poste de radio à ondes courtes servi par un civil. Celui-ci commença à prendre des notes, puis tendit le papier à l'amiral.

— Ça y est, dit ce dernier. Ils ont intercepté les deux autres. Neutralisés. Ils sont partis au-devant du submersible.

Malko n'osa pas demander ce que voulait dire « neutralisé » par vingt mètres de fond.

Cooper se mordait les lèvres d'énervement.

— Si ça marche, c'est le plus beau coup qu'on aura jamais fait, S.A.S.

— Et nos types à nous, qu'est-ce qu'ils vont devenir ? interrogea Malko.

— Ils sont volontaires. Et, en principe, ils auront le temps de se retirer du tunnel. Sinon...

Cela jeta un froid.

— Vous entendez quelque chose ? demanda Cooper à Beyazit.

— Rien pour le moment. J'ai eu l'approche, puis le Sub a dû s'arrêter au fond pour attendre les « guides ». Cela ne devrait pas tarder.

— Pourvu qu'ils n'aient pas un code !

— C'est le seul risque. Mais de toute façon, c'est prévu. Nos hommes agiront en conséquence. N'oubliez pas que nous sommes dans les eaux territoriales turques.

Beyazit leva la main.
— Attention !
Tous se turent.
— Il a remis son moteur en route. Il avance.

La tension devint intolérable. La moindre erreur pouvait se solder par une catastrophe. Et le Bosphore grouillait de monde cette nuit-là. En plus, des équipes spéciales chargées du travail proprement dit, il y avait dix groupes de *snipers* avec chacun deux hommes munis d'émetteur-radio et de fusils infrarouges, disséminés de chaque côté du barrage. Au cas où il y aurait des survivants, ou si les Russes s'étaient méfiés.

Il avait été impossible d'arrêter le trafic maritime pour ne pas donner l'éveil, et un quelconque cargo pouvait arriver au mauvais moment.

— Il va s'engager sous le barrage, annonça Beyazit.

Ils étaient tous autour de lui car il était le seul à posséder des écouteurs. Les secondes passaient.

Et soudain, un grondement sourd fit trembler la pièce. Beyazit retira ses écouteurs. Cooper regardait intensément les aiguilles du tableau de contrôle qui sautaient dans les cadrans. Plusieurs bruits sourds se firent encore entendre, puis le silence retomba.

C'était – théoriquement – fini.

— Stoppez le trafic sur le Bosphore, ordonna le colonel turc. Annoncez à tous les navires qu'une mine du barrage est remontée à la surface et qu'il faudra quelques heures pour la récupérer.

Un Turc partit aussitôt.

— Vous voulez venir ? demanda Malko à Beyazit.

— Non.

Le Turc n'avait pas bougé depuis l'explosion. Machinalement, il prit la tasse de café froid posée devant lui et la but.

Tous les autres quittèrent la pièce.

La nuit était claire. En file indienne, ils s'engageaient dans le sentier menant au bord de l'eau. Avant d'arriver au Bosphore, ils se heurtèrent presque à une silhouette qui montait vers eux : c'était le capitaine March.

Il alla droit à Cooper.

— Mission réussie, Amiral. D'après les calculs, le Russe a dû être coupé en deux par les grenades télécommandées.

— Et nos hommes ?
— Il en manque deux.
— Il y a une chance ?
— Non. D'abord, ils ont posé des mines magnétiques sur la coque de l'Ivan au cas où il aurait reculé au dernier moment. Puis ils l'ont accompagné jusqu'au milieu du tunnel, en le guidant avec des coups frappés sur la coque. Ils n'ont pas eu le temps de revenir...
— Vous avez leurs noms ?
— Killgallen et Retis. Volontaires tous les deux. Quartiers-maîtres.

Cooper se tourna vers l'officier qui l'accompagnait.

— Préparez immédiatement deux nominations de lieutenant à titre exceptionnel et deux propositions pour la médaille du Congrès. Pour un acte d'héroïsme exceptionnel qui devra rester ignoré.

Il tendit la main au capitaine :
— C'est tout ce que je peux faire pour eux. Au moins leurs veuves ne crèveront pas de faim.

Malko s'était éloigné du groupe qui chuchotait dans l'obscurité. Il arriva à la berge. L'eau brillait sous la clarté de la lune. Pas une vague. Et pourtant, à trois cents mètres de là, des dizaines d'hommes venaient de mourir.

Il fut rejoint par le groupe.

— C'est le moment de faire donner les projecteurs, dit Cooper. Pour voir ce qui va remonter.

Un Turc partit en courant.

Cinq minutes plus tard, les premiers projecteurs éclairaient le barrage. Aucun objet ne flottait à la surface mais on distinguait nettement une grande tache noire, de part et d'autre des balises.

— L'huile, annonça Cooper.

Un objet noir avançait lentement au milieu du Bosphore le long du filet : un des dinghies du commando d'hommes-grenouilles. Soudain le silence fut troublé par un ronronnement venant de la direction d'Istanbul.

Quelques minutes plus tard, quatre vedettes de la marine turque apparaissaient, naviguant côte à côte, leurs projecteurs balayant le Bosphore entièrement.

— Il y a des hommes à nous sur chaque vedette, expliqua Cooper à Malko. Nous n'avons plus rien à faire maintenant. Les équipes spéciales vont tenter de parvenir jusqu'au sous-marin pour récupérer ce qu'on peut, et vérifier s'il n'y a pas de cadavres qui pourraient remonter plus tard. Demain les Turcs vont réparer le barrage qui a dû en prendre un sacré coup et ce sera fini. Le *Memphis* sera vengé.

— Vous n'allez pas essayer de renflouer le russe ?

— Trop dangereux. Le mieux est l'ennemi du bien. Nous avons détruit leur tunnel qui, en cas de guerre, pouvait avoir des conséquences tragiques pour nous et nous leur avons rendu la monnaie de leur pièce. C'est suffisant.

En parlant, ils étaient remontés jusqu'au bâtiment. Ils entrèrent.

Beyazit n'avait pas bougé. Malko s'approcha de lui.

— Vous êtes libre. Voulez-vous partir maintenant avec nous ?

L'autre secoua la tête.

— Non. Je me dégoûte. Je n'ai pas envie de lutter. Je partirai tout à l'heure, à huit heures.

— Vous savez ce que cela signifie ?

— Oui.

— Bien. Je ne vous reverrai pas. Adieu.

Il lui tendit la main. Beyazit la serra, avec un sourire triste.

— Pour mon frère...

— Vous avez ma parole.

Le colonel Turc écoutait. Malko lui dit :

— Voulez-vous veiller personnellement à ce que le frère du lieutenant soit libéré demain matin ?

— C'est entendu, répliqua le Turc. Demain matin.

Un à un, ils quittèrent la pièce. Malko allait monter dans une des Ford grises de l'amiral, quand il se souvint de Krisantem. Celui-ci était toujours assis au volant de la Buick sous la surveillance goguenarde des deux gorilles de la C.I.A. Se prélassant sur le siège arrière, leurs colts sur les genoux, ils entretenaient gaiement le Turc des différentes joyeusetés qu'ils lui feraient subir si toutefois on les laissait faire.

— Descendez et laissez-le partir maintenant, ordonna Malko.

À regret les gorilles rengainèrent leur artillerie et descendirent.

À INSTANBUL

Malko avait embarqué Krisantem en quittant l'hôtel, purement et simplement, afin d'éviter toute indiscrétion. Le Turc n'en menait pas large.
— Et moi, qu'est-ce que je vais devenir ? demanda-t-il à Malko.
— Dites la vérité. Que je vous ai enlevé.
— Ils ne me croiront pas.
— Essayez.
Krisantem hocha la tête et démarra. Derrière lui, toutes les voitures s'ébranlèrent.

CHAPITRE XIX

L'explosion avait surpris Doneshka à l'instant où il allumait sa vingt-troisième cigarette. Son cœur fit un saut et il eut envie de vomir. Comme un fou, il jaillit de la voiture et courut par le sentier jusqu'à la berge.

Aucune lueur à l'horizon. Il essayait de se persuader que ça pouvait venir de beaucoup plus loin, lorsqu'une explosion moins forte fit jaillir un geyser au-dessus du barrage.

Il serra les poings. On l'avait trahi, roulé, et cette trahison aurait des conséquences incalculables pour son pays. Sans compter ceux du sous-marin qui avaient dû maudire, avant de mourir, l'imbécile qui s'était fait avoir.

Il remonta dans sa voiture et démarra, tout en jurant à voix basse, sans interruption. Conduisant à tombeau ouvert, il ne s'arrêta que derrière la Mosquée d'Usküdar, juste avant le bac, dans une impasse bordée de terrains vagues. Il attendit cinq minutes pour être sûr de ne pas avoir été suivi.

Puis il passa à l'arrière et ouvrit son émetteur.

Il eut le contact immédiatement. Longtemps, il parla en russe d'une voix égale, essayant de ne rien oublier. Puis il referma l'appareil et repassa au volant. Il lui restait encore beaucoup de choses à faire avant de s'occuper de lui. Et, d'abord régler quelques comptes.

Il passa le bac désert après avoir attendu cinq minutes et prit la direction du nord.

La nuit était claire et aucune voiture ne le croisa. En un quart d'heure il arriva à la maison d'Elko Krisantem. Tout était éteint, la Buick n'était pas là. Doneshka en grinça des dents. Là était la preuve que le Turc trahissait également.

Le Russe écouta un moment puis sortit de la voiture. Dans la main droite, il tenait un long pistolet noir muni d'un silencieux, une arme sans marque et sans numéro, fabriquée dans une petite usine du Caucase.

Il poussa la grille.

Son pas fit crisser le gravier, mais rien ne bougea dans la maison. Alors, d'un geste décidé, il appuya longuement sur la sonnette. Rien ne se passa tout de suite. Puis il y eut un remue-ménage à l'intérieur, l'entrée s'alluma et la voix de Mme Krisantem demanda :

— Qui est-ce ?

— Un ami. Elko est là ?

Il avait parlé en turc. Rassurée, elle entrouvrit la porte. Mais l'expression du Russe lui fit peur. Aussitôt, elle tenta de refermer. Trop tard. D'un coup d'épaule, il la repoussa. Elle hurla en voyant le pistolet.

Il tira. Une grosse tache rouge apparut sur son cou, entre l'oreille et le col de la chemise de nuit. Les deux autres balles la frappèrent en pleine poitrine. Avec un affreux gargouillis, elle s'effondra contre la porte de la chambre.

Pour plus de sécurité, Doneshka lui tira encore une balle dans l'oreille. Il repartit en fermant soigneusement la porte, un peu soulagé. Krisantem, il le rattraperait toujours.

À deux heures du matin, il était de nouveau dans la basse ville, au sud de la Corne d'Or. Il stoppa dans une petite rue, près de la Mosquée Kariiye et frappa à une porte de bois, trois coups, puis deux, puis trois. On lui ouvrit presque immédiatement. Et dix minutes plus tard, la voiture repartait avec deux hommes de plus.

Tout était éteint lorsqu'ils arrivèrent chez Beyazit. Un des hommes de main de Doneshka y alla tout seul, sans arme, et frappa. Rien ne répondit. Les deux autres l'attendaient dans la voiture, au bas de la rue.

Doneshka décida de laisser un homme en faction, un peu plus haut. Il avait un ordre simple : tirer à vue.

Ils repartirent. Le Russe était repris par sa rage. Pour lui, c'était fichu de toute manière. Ses chefs ne lui pardonneraient pas, ou les Turcs ne le rateraient pas. Il ne tenait pas à finir dans les caves en ciment de l'immeuble de la Sécurité, alors il préférait se battre.

À ISTANBUL

Par acquit de conscience, Doneshka descendit jusqu'à l'eau. La barque était toujours vide. Ses deux camarades étaient morts ou prisonniers.
— Tu crois qu'il va venir ? demanda son compagnon.
— C'est une chance à courir.
— Il est peut-être déjà parti.
— Peut-être.
Le silence retomba. Les yeux grands ouverts, Doneshka demeura immobile dans l'obscurité, attendant que le jour se lève.
À huit heures dix, il réveilla d'un coup de coude son compagnon endormi. Une moto arrivait sur la route. C'était Beyazit.

Malko fut réveillé par des petits coups frappés à sa porte. Il alluma et regarda sa montre : 4 heures. Passant sa robe de chambre, il alla jusqu'à la porte et chuchota :
— Qui est-ce ?
Il espérait que Leila avait des insomnies. Mais c'est une voix d'homme qui répondit :
— C'est moi, Krisantem. Ouvrez.

À INSTANBUL

C'était peut-être un piège. Mais Malko se fia à son instinct. Il prit quand même une précaution. Avant d'ouvrir, il décrocha son téléphone et appela Jones.

— J'ai une visite, expliqua-t-il à voix basse. Je laisse l'appareil décroché. Écoutez et venez si ça va mal.

Il alla ouvrir pendant qu'à l'étage au-dessus, Jones essayait d'une seule main de passer son pantalon et de l'autre d'armer son Colt.

Mais Krisantem était seul. Il avait une sale tête, pas rasé et l'air crevé. Il portait une petite valise.

— Ils ont tué ma femme, dit-il. Et ils veulent ma peau aussi. Alors je suis parti. Je veux venir avec vous après avoir réglé son compte au salaud qui a fait ça.

» Je vous laisse ma valise. Tout ce que je possède est dedans. Si je ne reviens pas, gardez-la.

— Voulez-vous de l'aide ?

Le Turc secoua la tête.

— Pas la peine. C'est une question personnelle. S'ils me tuent, vous me ferez plaisir en prenant la suite. Au revoir.

À ISTANBUL

Et il disparut en fermant doucement la porte derrière lui. Il avait laissé la Buick derrière l'hôtel. Avant de démarrer, il prit sa vieille pétoire à sa ceinture et se livra pendant plusieurs minutes à une besogne mystérieuse.

Ensuite, il retourna chez lui. Ils allaient certainement revenir.

Il laissa la voiture loin de chez lui, et continua à pied pour arriver par-derrière. Avant de se cacher dans la cave, il vérifia que les morceaux de scotch qu'il avait collés en travers des portes étaient toujours là. Donc, personne n'était encore venu. Il s'installa sur un tonneau, l'arme à la main. Ça pouvait être long.

La moto s'arrêta doucement près de la Fiat. Beyazit avait freiné en voyant la voiture. Il mit pied à terre, rangea soigneusement sa moto sur le bord de la route et s'approcha de la voiture. Son visage n'exprimait aucun sentiment.

— Je suppose que vous voulez me tuer, dit-il calmement.

Doneshka sortit de la voiture comme un diable de sa boîte.

À INSTANBUL

— Salaud ! Je devrais t'ouvrir le ventre avec mes mains. Tu nous as trahis. Tu savais que les Américains avaient découvert le tunnel. Et maintenant, mes camarades sont morts par ta faute.

— Je vous hais, vous, les communistes. Et j'ai sauvé mon frère. Il vaut mieux que vous tous réunis.

Fou de rage, le Russe le gifla deux fois à la volée. Beyazit ne broncha pas.

Le Russe tira son pistolet à silencieux. Ses deux compagnons l'imitèrent.

— On l'abat ici ? demanda le plus vieux.

— Non. Je veux être tranquille. Allons à l'*Arkhangelsk*. Suivez-moi.

Encadré par les deux Russes, Beyazit prit le sentier qui descendait au Bosphore. Doneshka ouvrait la marche. Arrivé au bord de l'eau, il allait monter dans la barque lorsqu'il sursauta : une masse noirâtre flottait, cognant régulièrement contre le bois du plat-bord.

— Une mine !

Elle avait dû se détacher du barrage lors de l'explosion et avait dérivé le long du courant.

L'un des Russes partit en courant. Doneshka poussa Beyazit dans la barque puis retint la mine par un des anneaux qui la ceinturaient. L'autre était déjà de retour avec une longue corde. Doneshka en attacha une extrémité à l'un des anneaux et tira la mine contre le bord, avec d'infinies précautions, puis se tourna vers Beyazit.

— Mets-toi là-dessus.

Docilement, le Turc s'allongea à plat ventre sur la mine, se tenant des deux mains aux crochets. Pendant que Doneshka retenait la mine, ses deux acolytes attachaient le Turc par les poignets et les chevilles aux deux autres anneaux. Puis, d'un coup de pied, Doneshka éloigna la mine.

— En avant, ordonna-t-il. On va remorquer M. Beyazit jusqu'au milieu du Bosphore. Comme ça, il rencontrera bien quelque chose sur sa voie.

— Et si on le sauve avant ?

— Nous ne serons pas loin, fit Doneshka.

Ils mirent près de vingt minutes pour parvenir au milieu du courant. La mine était affreusement lourde. Heureusement, à cette heure matinale, il n'y avait pas de bateaux-promenades. Cela aurait pu intriguer les touristes de voir une mine flottante avec un homme attaché dessus.

— Stop ! dit enfin Doneshka. Les trois hommes étaient épuisés.

Ils étaient au beau milieu du Bosphore. En aval, on distinguait dans la brume du matin les silhouettes de plusieurs bateaux remontant le Bosphore. Doneshka détacha la carde et la jeta à l'eau. La mine se mit à glisser doucement vers les navires.

— Bon voyage, monsieur Beyazit, cria ironiquement Doneshka. Et il ajouta : « Crève, salaud. »

Beyazit ne répondit pas. Les yeux fermés, il pensait à sa mère qui serait inquiète de ne pas le voir.

À force de rames, les trois Russes regagnaient la rive.

Le timonier du cargo turc *Korun* scrutait le Bosphore distraitement lorsqu'il aperçut, loin devant un objet venant droit sur le navire. Pensant à une barque de pêcheur, il donna un coup de sirène bref pour signaler le danger.

L'objet continua sa course.

Après un autre coup de sirène, le timonier prit ses jumelles, inquiet. Il les lâcha au bout de cinq secondes pour hurler dans le porte-voix des machinistes : « Stop et en arrière toute. »

Il avait fait la guerre et savait reconnaître une mine. Frénétiquement, il actionna le klaxon d'alarme et la sirène. L'équipage se précipita aux postes d'évacuation.

La mine n'était plus qu'à vingt mètres du *Korun*. Horrifié, l'équipage aperçut l'homme en uniforme attaché dessus. Les marins n'eurent pas beaucoup le temps de s'apitoyer.

Une explosion sourde ébranla le cargo et un geyser de cinquante mètres jaillit à bâbord avant. Par une déchirure de deux mètres sur trois, l'eau s'engouffrait dans la cale avant.

Le *Korun* coula à pic en trois minutes, et demeura planté dans le Bosphore, ses superstructures effleurant l'eau. Du lieutenant Beyazit, on ne retrouva qu'une épaulette, recueillie par un marchand de thé ambulant sur la rive européenne.

À INSTANBUL

Les trois Russes avaient assisté à l'explosion de leur victime, un peu pâles. L'un d'eux remarqua à voix basse :

— Il avait du courage.

— Il y a encore du travail, dit Doneshka.

Une fois de plus ils repassèrent le bac. On pouvait penser de lui ce qu'on voulait, mais Doneshka n'aimait pas les choses faites à moitié.

Sans même se cacher, les trois hommes poussèrent la grille du jardin et entrèrent.

Dans la cave, Krisantem serrait dans sa main droite sa vieille pétoire espagnole, l'âme en paix. Il visa soigneusement le premier des trois hommes et appuya sur la détente. Il ne faut jamais tuer la femme d'un Turc. Ce sont des choses qu'ils ne comprennent pas.

Le Russe reçut le projectile en plein ventre. Avec un grognement affreux, il se plia en deux et s'agenouilla sur le ciment. Il n'avait pas beaucoup de chance de s'en sortir parce que Krisantem avait pris soin d'inciser toutes les balles en croix et de les imbiber d'ail, ce qui est excellent pour l'infection.

Krisantem continua à vider joyeusement son chargeur. Un second Russe s'effondra, avec deux balles dans la poitrine. Alors qu'il était couché sur le ciment de l'allée, Krisantem arriva encore à lui envoyer une balle qui lui fit éclater la trempe. Puis il mit un autre chargeur et attendit. Le troisième Russe, l'homme qu'il connaissait, avait disparu.

Le bruit de la voiture le renseigna. Il entrevit la Fiat 1100 filant devant le portail. L'autre n'insistait pas.

Tranquillement, Krisantem sortit de sa cave. Il prit dans l'entrée son imperméable et sortit en fermant la porte. Les deux corps dans le jardin étaient immobiles. Les voisins commençaient à se mettre aux fenêtres. Krisantem marcha jusqu'à la Buick cachée à trois cents mètres de là.

Quelques minutes plus tard, il frappait à la porte de Malko.

L'Autrichien ouvrit tout de suite. Il était déjà en peignoir et rasé.

— Je suis à votre disposition, dit Krisantem. Plus rien ne me retient ici. J'ai vengé ma femme, mais il en reste encore un. J'espère l'avoir avant de partir d'ici. Je ne veux pas vous déranger, je vous attends en bas, dans le hall.

— O.K. Rendez-vous à 11 heures, dans le hall.

Krisantem sortit. Malko alla ouvrir la porte de la salle de bains et libéra Leila, drapée dans une chemise d'homme. Elle se recoucha et attira l'Autrichien à elle. Insatiable.

À onze heures, Malko était dans le hall. Leila dormait encore. Milton Brabeck et Chris Jones étaient là aussi, observant Krisantem.

— Venez, dit Malko. Je tiens absolument à me trouver sur le pont Galata vers onze heures et demie. On prend la voiture de notre ami Krisantem. À propos, fit-il en se tournant vers les deux gorilles, à partir d'aujourd'hui, Krisantem est avec nous. Vous le protégerez comme si c'était moi.

Ils s'entassèrent dans la Buick, juste au moment où Lise passait. Malko ne l'avait pas revue depuis le dîner mémorable de Rumeli. Il se sentit plein de remords. Après tout, il aurait peut-être le temps de lui rendre hommage avant de partir.

— Lise ! appela-t-il. On vous emmène sur la Corne d'Or ?

Elle hésita un instant. Mais la Corne d'Or, c'était tentant. Avec un sourire encore un peu pincé, elle entra dans la Buick. Éperdus de politesse, les deux gorilles s'assommèrent en voulant se lever.

Ils louchaient sur la poitrine de Lise. Malko se retourna et leur jeta un regard sévère. Ils s'absorbèrent dans la contemplation de leurs mains.

Le pont Galata grouillait de trafic. De vieux camions chargés de primeurs avançaient lentement au milieu des taxis rafistolés et des autobus bondés. Une foule compacte s'écoulait sur les deux trottoirs. Krisantem gara sa Buick à l'entrée du pont et alla donner un billet de cinq livres au flic moustachu et bonhomme qui s'efforçait de diriger la circulation à l'entrée du pont.

Ils s'adossèrent tous au parapet. Plus bas, il y avait un magma de barcasses ancrées où vivait un petit peuple de pêcheurs misérables. Les pilotis des vieilles maisons de bois enfonçaient dans l'eau leur bois pourri. La nuit, d'énormes rats disputaient des courses vertigineuses entre les pilotis, à la recherche du moindre déchet.

Il montait de cette eau croupissante une odeur de moisi et de poisson séché à faire tourner de l'œil un vieux loup de mer.

C'était la Corne d'Or.

Seul, Malko savait pourquoi ils étaient là. Soudain ses yeux d'or pétillèrent.

— Regardez, fit-il.

Un long cargo noir remontait la Corne d'Or, tiré par deux remorqueurs ventrus crachant une épaisse fumée noire qui allait ternir les coupoles de la Mosquée Yeni.

Dociles, les quatre regardèrent le cargo. À sa poupe, flottait le drapeau rouge de l'U.R.S.S.

Spectacle banal. Une dizaine de cargos étaient déjà ancrés dans le cul-de-sac de la Corne d'Or, chargeant et déchargeant leur cargaison au milieu d'une incroyable pagaille.

Le cargo noir allait passer le pont Galata, lorsqu'il se passa quelque chose.

Il y eut un claquement sec, comme un coup de fouet. Le remorqueur de droite parut s'envoler en avant. Le cargo amorça un virage gracieux qui le mit en travers du Bosphore. L'aussière avec laquelle le remorqueur le tirait avait cassé, probablement par suite d'une fausse manœuvre. L'autre remorqueur continuait à tirer, drossant le lourd cargo contre la rive nord.

Le pilote dut s'apercevoir de son erreur. Il stoppa brusquement. C'était trop tard. Malko et ses compagnons virent arriver lentement, mais irrésistiblement, la grosse coque noire. Sur le pont arrière, des hommes gesticulaient en hurlant.

Gracieusement, l'arrière sortit de l'eau et s'encastra avec un craquement épouvantable dans une maison de bois qui s'effondra immédiatement. Mais le quai en ciment résista. Les tôles, du moins, se déchirèrent comme du papier et un déluge de caisses s'abattit au milieu des débris de bois.

À bout de course, le cargo s'arrêta. Il avait bien pénétré de six mètres à l'intérieur du quai.

À INSTANBUL

Interdits, les gorilles, Krisantem et Lise regardaient Malko. Lui, sautait sur le quai. Soudain, il sourit et tendit le bras.

— Ça a marché, dit-il sobrement.

Deux caisses avaient complètement volé en éclats. De longs objets noirs étaient éparpillés sur le quai. Malko en désigna un.

— Vous avez déjà vu une mitrailleuse démontée ?

Les autres n'eurent pas le temps de répondre. Des sirènes de police les assourdirent. De toutes parts, des voitures de la Sécurité turque surgissaient. Les policiers « établirent rapidement un cordon autour du cargo encastré dans le quai. Une corde à linge avec des sous-vêtements s'était accrochée au gouvernail, formant une guirlande du plus gracieux effet.

Un policier turc ramassa un morceau de caisse et le montra à ses camarades. Il y avait dessus, en caractères russes de vingt centimètres : « Pièces ; détachées pour tracteurs offertes par l'U.R.S.S. »

Tout autour, il y avait bien une vingtaine de canons de mitrailleuses lourdes...

— Je connais un capitaine qui va avoir des ennuis, murmura Malko.

— Ils sont venus vite, les flics, fit Jones.

— C'est le dernier cadeau de notre ami Beyazit, conclut Malko. Il savait que les armes qu'il avait réclamées pour « sa » révolution devaient arriver par ce cargo. Le reste a été une question d'organisation.

Lise était suffoquée.

— Oui, ce n'était pas un accident, continua Malko. Les cordes ont cassé au bon moment. C'était le seul moyen de pouvoir jeter un œil sur la cargaison. Autrement, les caisses auraient été débarquées de nuit dans un coin désert. Et il y en avait certainement pour d'autres pays.

— Mais les habitants de la maison ? fit Lise horrifiée.

— On les a évacués cette nuit.

Rêveuse, la jeune Suédoise regardait le capitaine du cargo en conversation animée avec un capitaine turc qui demandait poliment si, en Russie, les tracteurs sont équipés de mitrailleuses lourdes.

Et, de toute façon, c'est très, très difficile de monter un tracteur rien qu'avec des pièces de mitrailleuses.

— Venez, conclut Malko. La représentation est terminée ! Il faut...

Il ne termina pas sa phrase.

— À plat ventre !

Lise le regarda avec des yeux ronds. Il y eut un curieux sifflement. Malko saisit la jeune fille par le bras et lui fit un croche-pied.

Les deux gorilles, docilement, se laissèrent tomber. Krisantem s'accroupit le long du parapet du pont.

Un autre sifflement fit bruisser l'air à l'endroit où était la tête de Malko une seconde plus tôt.

— Mais, bon Dieu, on nous tire dessus, gueula Brabeck.

Instantanément, l'artillerie fut dehors. Brabeck avec un superbe Colt 45 magnum nickelé, Jones avec son Colt militaire et même Krisantem avec sa vieille pétoire.

Stupéfaite, la foule s'amassait autour du petit groupe. Imaginez cinq personnes se mettant à plat ventre place de l'Opéra, à midi... Les Turcs se demandaient si ce n'était pas une nouvelle secte religieuse en mal d'adeptes, lorsqu'une femme aperçut les revolvers. Elle poussa un cri perçant en désignant Brabeck du doigt.

Aussitôt, ce fut la débandade. Les badauds se regroupèrent dix mètres plus loin.

Un éclat de pierre sauta du pont derrière Jones. Il tira, instinctivement.

— Sur quoi tirez-vous ? cria Malko.

Brabeck ne répondit pas, confus. Il avait tiré comme ça, au jugé, vers le ciel. La situation commençait à devenir délicate. Les balles ne pouvaient venir que de la petite place avant le pont. Mais elle grouillait de monde. Il y avait des voitures en stationnement, les étals d'un petit marché, une foule de passants...

Ça pouvait venir aussi d'une des fenêtres des maisons bordant la place.

— On peut pas rester comme ça, fit Brabeck.

— Si on se lève on va se faire tirer comme des lapins, répliqua Malko.

Un autre sifflement, suivi d'un long miaulement. La balle avait ricoché sur le trottoir.

— Nom de Dieu de nom de Dieu, fit Jones.

— Couvrez Lise, ordonna Malko.

Pour ça, le gorille ne connaissait qu'une méthode qu'on lui avait apprise au F.B.I. Il rampa jusqu'à la jeune fille et se laissa tomber sur elle, la couvrant de son corps. Lise poussa un hurlement et se débattit, mais les 90 kilos de l'Américain la clouaient solidement sur l'asphalte.

Elle aurait dû être flattée : c'était la protection réservée aux chefs d'État. Mais le choc lui avait un peu râpé le nez contre le trottoir, et le gorille était d'un lourd...

Mètre par mètre, les quatre hommes scrutaient la place. Le tueur était là. Et comme il utilisait certainement un silencieux, il pouvait les aligner à son aise.

Brabeck se redressa légèrement pour voir derrière une rangée de marchandes de quatre-saisons. Son chapeau s'envola de sa tête et il replongea précipitamment.

— Essayons de nous éloigner en rampant, proposa Malko. Autrement, on ne s'en sortira jamais.

Ils amorçaient leur reptation quand Jones gémit :

— Oh, c'est pas vrai !

Martial, moustachu et solennel, le flic du carrefour s'avançait vers eux en balançant une matraque.

— Qu'est-ce que vous foutez là ? criat-il. Levez-vous et partez.

— On tire sur nous, essaya d'expliquer Malko.

— Et vous vous foutez de moi en plus, gueula le moustachu.

Soudain, il aperçut les armes. Ça le cloua sur place. Mais il était courageux.

— Lâchez vos armes et levez-vous, ordonna-t-il.

Et il voulut prendre son revolver dans son étui. Le geste martial, il fit sauter la pression et se sentit tout bête : comme d'habitude, sa femme avait remplacé son pistolet réglementaire par une petite bouteille de thé. Parce qu'il avait la gorge fragile.

Il n'eut d'ailleurs pas le temps de s'appesantir sur le problème : avec un hurlement, il s'effondra à côté de Malko, une balle dans le tibia.

Sur le pont, c'était la panique. La circulation était complètement arrêtée des deux côtés. Beaucoup de gens étaient descendus de leur voiture et contemplaient à distance respectueuse l'étrange groupe de gisants.

Les piétons aussi avaient stoppé. L'opinion générale était que c'était un film ou de la publicité. Et on trouvait ça très drôle. Comme on n'entendait aucun coup de feu, personne ne pensait à un danger quelconque. Le numéro du flic fut trouvé très réaliste.

Les cinq, eux, commençaient à trouver le temps long. Lise surtout qui suffoquait sous les kilos disciplinés de Jones.

C'est Malko qui fit évoluer la situation. Depuis un moment, il « photographiait » la place de gauche à droite, enregistrant tout ce qui pouvait paraître suspect. Sa mémoire étonnante lui faisait apparaître chaque détail, d'un examen à l'autre.

— Il est dans la Fiat noire, dit-il soudain. Derrière le marchand de pastèques, juste à côté du tramway.

Il avait reconnu la Fiat noire qu'il n'avait vue qu'une fois, presque de nuit. Mais, d'où il était, il voyait la calandre légèrement enfoncée. Et, à travers l'étal du marchand de pastèques, il entrevit la silhouette d'un homme lisant son journal au volant. Le journal bougea un peu : une balle passa au-dessus de leurs têtes.

Jones et Brabeck avaient vu aussi, maintenant.

— On y va, fit Brabeck.

D'une détente puissante, il plongea jusqu'au milieu du pont, entre deux voitures arrêtées. Il était dans un angle mort. En deux enjambées, il gagna l'autre trottoir et commença à progresser vers la voiture noire.

Jones suspendit son 357 magnum entre ses dents par l'anneau de sa crosse et se souleva doucement au-dessus de Lise. À quatre pattes, il avança vers la tête du pont.

Krisantem le suivit. Lui aussi, il avait un compte à régler. Et un sérieux.

Les trois hommes arrivèrent ensemble à l'entrée de la place. Mais l'homme dans la voiture aperçut Brabeck. Il tira dans sa direction, très vite, trois fois, et sauta de la voiture. Par miracle, les trois projectiles se perdirent.

L'Américain n'osa pas riposter. À cette distance, il n'était pas sûr de le toucher. Et il y avait du monde autour.

L'homme s'enfuyait vers le haut de la place, se faufilant dans la foule dense du marché. Ses trois poursuivants avaient trente mètres de retard. Aucun n'osait tirer. C'était un coup à se faire lyncher.

Soudain, l'homme bifurqua. Durant deux secondes, il se détacha, seul, sur un mur.

Les trois armes partirent en même temps. Jones eut le temps de tirer quatre coups. L'homme chancela et reprit sa course pour disparaître dans une petite ruelle.

Prudemment, ses trois poursuivants s'avancèrent. Malko et Lise arrivaient en courant, essoufflés. Lise saignait du nez.

— Je crois que je l'ai touché, dit Krisantem. Il ne peut pas aller bien loin.

Tous les cinq, ils s'engagèrent dans la ruelle. À chaque porte, Krisantem questionnait. Personne n'avait vu entrer un étranger correspondant au signalement de Doneshka. Ils arrivèrent au bout de la ruelle. Elle était barrée par deux policiers turcs.

Eux non plus n'avaient vu personne. Et ils étaient là depuis une demi-heure...

— On ne peut pas laisser ce type en liberté, fit Jones. Il est armé, gonflé et capable de n'importe quoi. Il ne s'est quand même pas volatilisé.

— Fouillons tout, proposa Krisantem.

Ils reprirent la ruelle en sens inverse. Il y avait un petit café, tout de suite à gauche. Malko y jeta un coup d'œil et il le vit.

Accoudé au comptoir, le dos à la porte, il avait l'air d'un consommateur ordinaire. Mais une grande tache brune s'élargissait dans son dos, à hauteur de l'omoplate droite. Il dut sentir le regard posé sur lui. Il se retourna lentement et son regard croisa celui de l'Autrichien.

Ses deux mains étaient posées sur le comptoir. Avant qu'il ait pu esquisser un geste, Jones et Brabeck étaient sur lui et le ceinturaient. Il poussa un cri de douleur et se laissa glisser à terre. Jones le fouilla. Le long pistolet noir était passé dans sa ceinture. Et sa chemise était pleine de sang.

— Il a une balle dans le dos, remarqua Jones.

L'autre ouvrit les yeux et murmura quelque chose. Malko se pencha sur lui.

— Quoi ?

— Je regrette de vous avoir raté... Mais...

Sa voix était imperceptible. Malko vit les muscles de ses mâchoires se contracter mais n'eut pas le temps d'intervenir. Le Russe eut un sursaut, ses yeux se révulsèrent et il ne bougea plus.

— Il s'est empoisonné, dit Malko. Il devait avoir une cartouche de cyanure dans une dent. Il n'a eu qu'à serrer un peu fort...

Les deux flics arrivaient. Malko leur expliqua. Ils acceptèrent de téléphoner à la Sûreté turque. Dix minutes plus tard, le colonel était là.

Mais on eut beau fouiller le Russe de fond en comble, on ne sut même pas son nom. Personne ne le réclama et le consulat russe, interrogé, déclara qu'il n'était pas un de ses ressortissants.

Malko s'était éclipsé avec Lise.

— Je vais soigner moi-même votre nez, proposa-t-il. Et je pourrai enfin vous faire la cour !

Elle rit et accepta. Ils allèrent directement à la chambre de Malko. Il s'effaça poliment pour laisser passer la jeune fille. Il entendit un cri étouffé et n'eut que le temps de s'écarter pour ne pas être piétiné. Lise avait fait volte-face. Elle s'arrêta pile et Malko reçut une gifle qui l'assomma à moitié.

Étourdi, il jeta un œil dans la chambre et soupira.

Vêtue d'une guêpière noire, Leila dansait un chacha-cha devant une glace.

CHAPITRE XX

Depuis le début de la séance, S.A.S. Malko Linge n'avait pas desserré les dents. Ses yeux jaunes étaient presque verts. Une allusion de Jones à son prochain voyage en Autriche ne lui avait même pas arraché un sourire. Quelque chose, visiblement, n'allait pas.

C'était pourtant la grande fiesta chez le consul des États-Unis à Istanbul. S'il avait osé, il aurait invité son collègue russe. Pour lui faire la nique.

L'amiral Cooper était là dans un uniforme blanc flambant neuf. Les Turcs avaient délégué une poignée de colonels dont le chef des Services Spéciaux qui s'était occupé de l'affaire en liaison avec Malko. À l'entendre, les Turcs avaient démoli tout le système d'espionnage soviétique dans leur pays. Pourtant, on n'avait rien trouvé au domicile de Doneshka, pas plus que chez ses deux complices. Il y avait bien la Fiat 1100 équipée d'un émetteur-récepteur, mais c'était une radio de marque américaine.

Dans un coin les deux gorilles bavardaient gentiment avec Malko qui les pilotait dans les boutiques de souvenirs et les aidait à acheter des babouches brodées pour leurs girls-friends. Tout ce qu'on trouvait à Istanbul, avec des pipes en écume.

Malko écoutait avec agacement le bourdonnement du consul qui le félicitait de son doigté, de sa délicatesse et de sa diplomatie.

Il ne manquait vraiment que des petits fours.

Heureusement, la réunion tirait à sa fin. Malko avait réglé avec le consul les questions épineuses que soulevait le départ de Krisantem. Les Turcs ne demandaient pas mieux que de s'en débarrasser, mais les services d'immigration de Staten Island seraient tombés à la renverse si on leur avait montré son *curriculum vitae*. Le consul avait dû rédiger une chaude lettre de recommandation, jurant que le Turc était à son service depuis trois ans et méritait par son sens civique et son anticommunisme viscéral de devenir citoyen américain.

Avec ça...

Cooper s'approcha de Malko.

— Encore bravo, S.A.S. Je ne pense pas que nos amis recommencent jamais...

— Ils tenteront autre chose.

— Peut-être, mais vous leur avez porté un coup sévère.

Malko cessa de jouer avec son dollar d'argent et planta ses yeux d'or dans ceux de l'officier.

— Puisque vous êtes si content de moi, Amiral, si je fais quelque chose de très mal, vous me couvrirez ?

L'amiral rit.

— De très mal ? Vous voulez enlever votre danseuse du ventre ?

— Non, c'est plus grave que ça.

L'autre se rembrunit.

— Vous parlez sérieusement ?

— Oui.

Heureusement leur conversation passait complètement inaperçue dans le brouhaha.

— Est-ce que ce n'est rien de... déshonorant ?

— Rien. Mais cela peut vous gêner.

— Tant pis ; dans ce cas, je vous couvre. Pour moi, vous êtes l'homme qui a vengé le *Memphis*.

— Je vous remercie, Amiral.

Malko s'inclina légèrement. Puis il se dirigea vers le colonel Liandhi qui bavardait avec le consul.

— Colonel, je voudrais vous parler. Il avait volontairement élevé la voix. Les conversations s'arrêtèrent. Flatté, l'officier turc se redressa et tira sur son dolman. Malko le regardait avec un air bizarre.

— Colonel, j'ai une commission pour vous. De quelqu'un qui ne peut la faire lui-même. Un peu surpris Liandhi répondit :

— Mais, je vous en prie, mon cher, faites. Personne ne vit partir la main de Malko. Mais la gifle claqua sur la joue du Turc comme une serviette mouillée. La seconde imprima sur sa joue gauche la même marque rouge.

Il faut être juste : le colonel avait de bons réflexes. L'écho de la seconde gifle n'était pas mort qu'il avait le pistolet au poing. S'il avait été armé, Malko était mort.

Mais le geste du colonel ne s'acheva pas. Il resta bêtement, la main sur la culasse de son arme, photographié à bout portant par les Colts de Jones et de Brabeck qui, *eux*, étaient armés. Il leur avait fallu deux secondes pour traverser toute la pièce. De vrais missiles.

— On se le paie ? proposa aimablement Jones.

Il y eut du remous parmi les Turcs. Brabeck fit décrire un arc de cercle à son canon nickelé et annonça paisiblement :

— Le premier qui fait semblant de se gratter est mort.

Dites sérieusement, ce sont des phrases qui calment. Le consul, par contre, frisait l'apoplexie. Il se précipita sur Malko.

— Vous êtes fou ! Cet officier, c'est un des meilleurs de l'armée turque.

— Peut-être, mais c'est une ordure.

Le diplomate sursauta sous l'injure.

— Qu'est-ce qui vous permet de dire cela ? C'est un allié et un ami.

— Vous vous souvenez de Beyazit ?
— Le lieutenant traître ? Oui. Et alors ?
— Il avait un frère. Emprisonné et condamné à mort par le gouvernement actuel. Beyazit a accepté de nous aider à une condition : que l'on libère son frère. Le colonel Liandhi ici présent, en avait pris l'engagement. Moi, j'avais donné ma parole d'honneur.
— Eh bien, je suis sûr que le colonel a fait le nécessaire.
— D'une certaine façon, oui. Le frère de Beyazit a été fusillé ce matin.
Le diplomate pâlit. Le colonel, qui n'avait pas dit un mot, parla d'une voix étranglée :
— Je n'ai pas pu faire autrement... La sécurité du pays l'exigeait. Je réclame à ce monsieur des excuses immédiates ou j'en référerai à mon gouvernement.
À ce moment, l'amiral Cooper s'approcha.
— Filez, siffla-t-il. J'approuve entièrement le geste de Son Altesse Sérénissime. Vous êtes un homme sans honneur. Et je vous autorise à citer mes paroles à qui vous voulez. J'ajoute que

je n'admettrai plus jamais de me trouver dans le même endroit que vous.

Subjugué, le Turc rentra son arme, et, sans saluer, se dirigea vers la porte, laissant le consul médusé.

Il n'était pas encore remis du choc lorsque ses hôtes le quittèrent. Pour tout dire, le colonel Liandhi était quelque chose comme le Béria local, et il avait fait fusiller des gens pour bien moins que cela...

Le DC 8 s'inclina gracieusement sur l'aile et Malko aperçut la Mosquée du Sultan Ahmet brillant dans le soleil couchant. À côté de lui, Krisantem se tordait le cou pour apercevoir Istanbul.

— Bon, au travail, fit Malko.

Il déplia un plan sur ses genoux. C'était le futur grand salon du château de Son Altesse Sérénissime Linge.

— Mon cher, dit-il à Krisantem, si je réussis encore quelques affaires, vous serez le factotum du plus beau château d'Autriche. En attendant, il faut que vous mettiez la main à la pâte. Voici les travaux à effectuer dans les trois prochains mois.

Krisantem se força à sourire : il avait horreur des travaux manuels, mais il faut bien vivre.

En voyant l'hôtesse, Malko eut un petit pincement au cœur. Elle ressemblait à Leila. À Leila qu'il avait oublié de prévenir de son départ.

DU MÊME AUTEUR EN FORMAT DE POCHE
(* titres épuisés)

*N° 1 S.A.S. À ISTANBUL
N° 2 S.A.S. CONTRE C.I.A.
*N° 3 S.A.S. OPÉRATION APOCALYPSE
N° 4 SAMBA POUR S.A.S.
*N° 5 S.A.S. RENDEZ-VOUS
    À SAN FRANCISCO
*N° 6 S.A.S. DOSSIER KENNEDY
N° 7 S.A.S. BROIE DU NOIR
*N° 8 S.A.S. AUX CARAÏBES
*N° 9 S.A.S. À L'OUEST DE JÉRUSALEM
*N° 10 S.A.S. L'OR DE LA RIVIÈRE KWAÏ
*N° 11 S.A.S. MAGIE NOIRE
    À NEW YORK
N° 12 S.A.S. LES TROIS VEUVES
    DE HONG KONG
*N° 13 S.A.S. L'ABOMINABLE SIRÈNE
N° 14 S.A.S. LES PENDUS DE BAGDAD
N° 15 S.A.S. LA PANTHÈRE
    D'HOLLYWOOD
N° 16 S.A.S. ESCALE À PAGO-PAGO
N° 17 S.A.S. AMOK À BALI
N° 18 S.A.S. QUE VIVA GUEVARA
N° 19 S.A.S. CYCLONE À L'ONU
N° 20 S.A.S. MISSION À SAIGON
N° 21 S.A.S. LE BAL DE LA COMTESSE
    ADLER
N° 22 S.A.S. LES PARIAS DE CEYLAN
N° 23 S.A.S. MASSACRE À AMMAN
N° 24 S.A.S. REQUIEM POUR TONTONS
    MACOUTES
N° 25 S.A.S. L'HOMME DE KABUL
N° 26 S.A.S. MORT À BEYROUTH
N° 27 S.A.S. SAFARI À LA PAZ
N° 28 S.A.S. L'HÉROÏNE DE VIENTIANE
N° 29 S.A.S. BERLIN CHECK POINT
    CHARLIE
N° 30 S.A.S. MOURIR POUR ZANZIBAR
N° 31 S.A.S. L'ANGE DE MONTEVIDEO
*N° 32 S.A.S. MURDER INC. LAS VEGAS
N° 33 S.A.S, RENDEZ-VOUS À BORIS
    GLEB
N° 34 S.A.S. KILL HENRY KISSINGER !
N° 35 S.A.S. ROULETTE
    CAMBODGIENNE
N° 36 S.A.S. FURIE À BELFAST
N° 37 S.A.S. GUÊPIER EN ANGOLA
N° 38 S.A.S. LES OTAGES DE TOKYO
N° 39 S.A.S. L'ORDRE RÈGNE
    A SANTIAGO
N° 40 S.A.S. LES SORCIERS DU TAGE
N° 41 S.A.S. EMBARGO
N° 42 S.A.S. LE DISPARU
    DE SINGAPOUR
N° 43 S.A.S. COMPTE À REBOURS
    EN RHODÉSIE
N° 44 S.A.S. MEURTRE À ATHÈNES
N° 45 S.A.S. LE TRÉSOR DU NÉGUS
N° 46 S.A.S. PROTECTION
    POUR TEDDY BEAR

N° 47 S.A.S. MISSION IMPOSSIBLE
    EN SOMALIE
N° 48 S.A.S. MARATHON À SPANISH
    HARLEM
*N° 49 S.A.S. NAUFRAGE
    AUX SEYCHELLES
N° 50 S.A.S. LE PRINTEMPS
    DE VARSOVIE
N° 51 S.A.S. LE GARDIEN D'ISRAËL
N° 52 S.A.S. PANIQUE AU ZAÏRE
N° 53 S.A.S. CROISADE À MANAGUA
N° 54 S.A.S. VOIR MALTE ET MOURIR
N° 55 S.A.S. SHANGHAÏ EXPRESS
*N° 56 S.A.S. OPÉRATION MATADOR
N° 57 S.A.S. DUEL À BARRANQUILLA
N° 58 S.A.S. PIÈGE À BUDAPEST
N° 59 S.A.S. CARNAGE À ABU DHABI
N° 60 S.A.S. TERREUR AU SAN
    SALVADOR
*N° 61 S.A.S. LE COMPLOT DU CAIRE
N° 62 S.A.S. VENGEANCE ROMAINE
N° 63 S.A.S. DES ARMES
    POUR KHARTOUM
N° 64 S.A.S. TORNADE SUR MANILLE
*N° 65 S.A.S. LE FUGITIF
    DE HAMBOURG
*N° 66 S.A.S. OBJECTIF REAGAN
N° 67 S.A.S. ROUGE GRENADE
*N° 68 S.A.S. COMMANDO SUR TUNIS
N° 69 S.A.S. LE TUEUR DE MIAMI
*N° 70 S.A.S. LA FILIÈRE BULGARE
*N° 71 S.A.S. AVENTURE AU SURINAM
*N° 72 S.A.S. EMBUSCADE
    À LA KHYBER PASS
*N° 73 S.A.S. LE VOL 007 NE RÉPOND
    PLUS
N° 74 S.A.S. LES FOUS DE BAALBEK
N° 75 S.A.S. LES ENRAGÉS
    D'AMSTERDAM
N° 76 S.A.S. PUTSCH
    A OUAGADOUGOU
N° 77 S.A.S. LA BLONDE DE PRÉTORIA
N° 78 S.A.S. LA VEUVE
    DE L'AYATOLLAH
N° 79 S.A.S. CHASSE À L'HOMME
    AU PÉROU
N° 80 S.A.S. L'AFFAIRE KIRSANOV
N° 81 S.A.S. MORT À GANDHI
N° 82 S.A.S. DANSE MACABRE
    À BELGRADE
*N° 83 S.A.S. COUP D'ÉTAT AU YEMEN
*N° 84 S.A.S. LE PLAN NASSER
*N° 85 S.A.S. EMBROUILLES À PANAMA
N° 86 S.A.S. LA MADONE
    DE STOCKHOLM
N° 87 S.A.S. L'OTAGE D'OMAN
N° 88 S.A.S. ESCALE À GIBRALTAR
N° 89 S.A.S. AVENTURE EN SIERRA
    LEONE
N° 90 S.A.S. LA TAUPE DE LANGLEY

N° 91 S.A.S. LES AMAZONES DE PYONGYANG
N° 92 S.A.S. LES TUEURS DE BRUXELLES
N° 93 S.A.S. VISA POUR CUBA
*N° 94 S.A.S. ARNAQUE À BRUNEI
*N° 95 S.A.S. LOI MARTIALE À KABOUL
*N° 96 S.A.S. L'INCONNU DE LENINGRAD
N° 97 S.A.S. CAUCHEMAR EN COLOMBIE
N° 98 S.A.S. CROISADE EN BIRMANIE
N° 99 S.A.S. MISSION À MOSCOU
N° 100 S.A.S. LES CANONS DE BAGDAD
*N° 101 S.A.S. LA PISTE DE BRAZZAVILLE
*N° 102 S.A.S. LA SOLUTION ROUGE
N° 103 S.A.S. LA VENGEANCE DE SADDAM HUSSEIN
N° 104 S.A.S. MANIP À ZAGREB
N° 105 S.A.S. KGB CONTRE KGB
N° 106 S.A.S. LE DISPARU DES CANARIES
*N° 107 S.A.S. ALERTE AU PLUTONIUM
N° 108 S.A.S. COUP D'ÉTAT À TRIPOLI
N° 109 S.A.S. MISSION SARAJEVO
N° 110 S.A.S. TUEZ RIGOBERT À MENCHU
N° 111 S.A.S. AU NOM D'ALLAH
*N° 112 S.A.S. VENGEANCE À BEYROUTH
*N° 113 S.A.S. LES TROMPETTES DE JÉRICHO
N° 114 S.A.S. L'OR DE MOSCOU
N° 115 S.A.S. LES CROISÉS DE L'APARTHEID
N° 116 S.A.S. LA TRAQUE CARLOS
N° 117 S.A.S. TUERIE À MARRAKECH
*N° 118 S.A.S. L'OTAGE DU TRIANGLE D'OR
N° 119 S.A.S. LE CARTEL DE SÉBASTOPOL
N° 120 S.A.S. RAMENEZ-MOI LA TÊTE D'EL COYOTE
*N° 121 S.A.S. LA RÉSOLUTION 687
N° 122 S.A.S. OPÉRATION LUCIFER
N° 123 S.A.S. VENGEANCE TCHÉTCHÈNE
N° 124 S.A.S. TU TUERAS TON PROCHAIN
N° 125 S.A.S. VENGEZ LE VOL 800
*N° 126 S.A.S. UNE LETTRE POUR LA MAISON-BLANCHE
N° 127 S.A.S. HONG KONG EXPRESS
N° 128 S.A.S. ZAÏRE ADIEU
N° 129 S.A.S. LA MANIPULATION YGGDRASIL
*N° 130 S.A.S. MORTELLE JAMAÏQUE
N° 131 S.A.S. LA PESTE NOIRE DE BAGDAD

*N° 132 S.A.S. L'ESPION DU VATICAN
N° 133 S.A.S. ALBANIE MISSION IMPOSSIBLE
*N° 134 S.A.S. LA SOURCE YAHALOM
N° 135 S.A.S. CONTRE P.K.K.
N° 136 S.A.S. BOMBES SUR BELGRADE
N° 137 S.A.S. LA PISTE DU KREMLIN
N° 138 S.A.S. L'AMOUR FOU DU COLONEL CHANG
*N° 139 S.A.S. DJIHAD
*N° 140 S.A.S. ENQUÊTE SUR UN GÉNOCIDE
*N° 141 S.A.S. L'OTAGE DE JOLO
N° 142 S.A.S. TUEZ LE PAPE
*N° 143 S.A.S. ARMAGEDDON
N° 144 S.A.S. LI SHA-TIN DOIT MOURIR
*N° 145 S.A.S. LE ROI FOU DU NÉPAL
N° 146 S.A.S. LE SABRE DE BIN LADEN
*N° 147 S.A.S. LA MANIP DU « KARIN A »
N° 148 S.A.S. BIN LADEN : LA TRAQUE
N° 149 S.A.S. LE PARRAIN DU « 17-NOVEMBRE »
N° 150 S.A.S. BAGDAD EXPRESS
*N° 151 S.A.S. L'OR D'AL-QUAIDA
N° 152 S.A.S. PACTE AVEC LE DIABLE
N° 153 S.A.S. RAMENEZ-LES VIVANTS
N° 154 S.A.S. LE RÉSEAU ISTANBUL
*N° 155 S.A.S. LE JOUR DE LA TCHÉKA
*N° 156 S.A.S. LA CONNEXION SAOUDIENNE
N° 157 S.A.S. OTAGE EN IRAK
*N° 158 S.A.S. TUEZ IOUCHTCHENKO
*N° 159 S.A.S. MISSION : CUBA
*N° 160 S.A.S. AURORE NOIRE
*N° 161 S.A.S. LE PROGRAMME 111
*N° 162 S.A.S. QUE LA BÊTE MEURE
*N° 163 S.A.S. LE TRÉSOR DE SADDAM TOME I
N° 164 S.A.S. LE TRÉSOR DE SADDAM TOME II
N° 165 S.A.S. LE DOSSIER K.
N° 166 S.A.S. ROUGE LIBAN
N° 167 POLONIUM 210
N° 168 LE DÉFECTEUR DE PYONGYANG TOME. I
N° 169 LE DÉFECTEUR DE PYONGYANG TOME. II
N° 170 OTAGE DES TALIBAN
N° 171 L'AGENDA KOSOVO
N° 172 RETOUR À SHANGRI-LA
N° 173 S.A.S. AL QAIDA ATTAQUE TOME I
N° 174 S.A.S. AL QAIDA ATTAQUE TOME II
N° 175 TUEZ LE DALAÏ-LAMA
N° 176 LE PRINTEMPS DE TBILISSI
N° 177 PIRATES
N° 178 LA BATAILLE DES S300 TOME I
N° 179 LA BATAILLE DES S300 TOME II
N° 180 LE PIÈGE DE BANGKOK

Composition et mise en page

Imprimé en Italie par Puntoweb srl
Dépôt légal : mars 2010